FiNALEonline.de

FiNALEonline ist die digitale Ergänzung zu deinem Abiturband. Hier findest du eine Vielzahl an Angeboten, die dich bei deiner Prüfungsvorbereitung zusätzlich unterstützen.

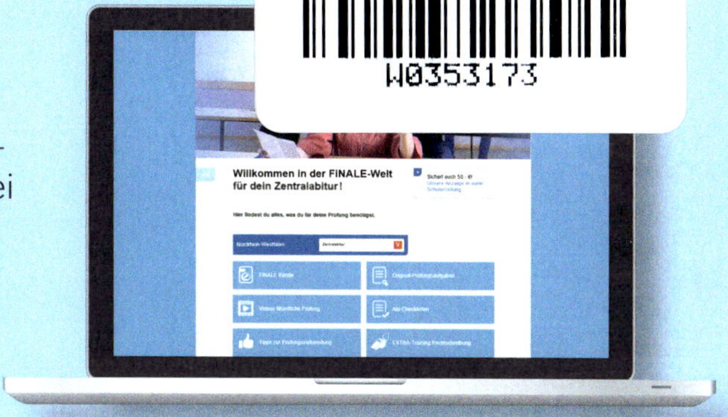

Das Plus für deine Vorbereitung:

- Original-Prüfungsaufgaben mit Lösungen (bitte Code von Seite 2 eingeben!)
- EXTRA-Training Rechtschreibung
  So kannst du einem möglichen Punktabzug bei deinen Abi-Klausuren vorbeugen.
- Videos zur mündlichen Prüfung
- Tipps zur stressfreien Prüfungsvorbereitung
- Abi-Checklisten mit allen prüfungsrelevanten Themen

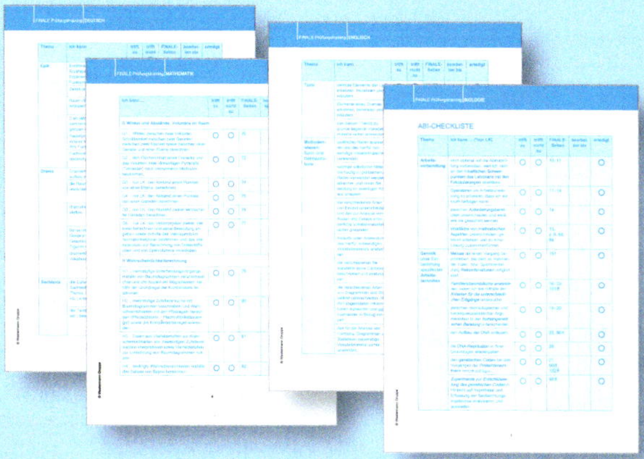

Abi-Checklisten
Sie helfen dir, den Überblick über den Prüfungsstoff zu behalten.

FiNALEonline.de

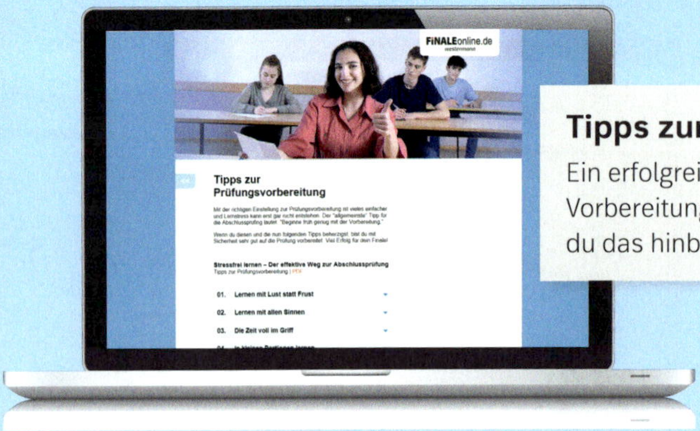

Tipps zur Prüfungsvorbereitung

Ein erfolgreiches Abitur erfordert eine gezielte Vorbereitung ohne unnötigen Lernstress. Wie du das hinbekommst, erfährst du hier!

Videos zur mündlichen Prüfung

Nur wenige Abiturienten wissen genau, wie sie abläuft, die „Mündliche“. Die Videos geben dir Einblick in den Ablauf der Prüfung und Tipps für die richtige Vorbereitung.

Die Kombination aus FiNALE-Buch und FiNALEonline bietet dir die optimale Vorbereitung für deine Prüfung und begleitet dich sicher zu einem erfolgreichen Abitur 2023!

www.finaleonline.de

westermann

FiNALE Prüfungstraining

Baden-Württemberg

Abitur 2023

Englisch

FiNALEonline.de

Liebe Schülerin, lieber Schüler,

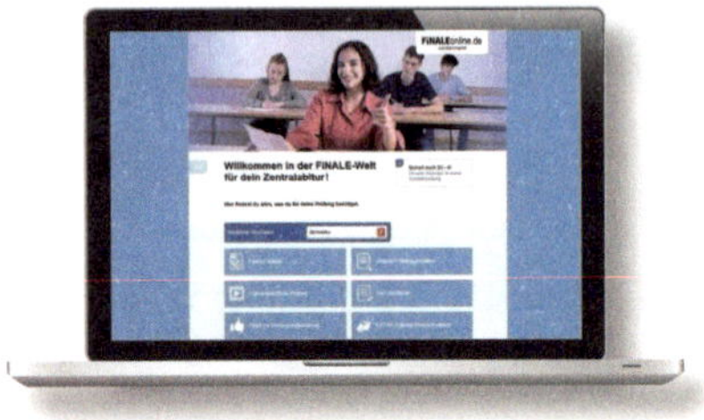

sobald die Original-Prüfungsaufgaben zur Veröffentlichung freigegeben sind, können sie unter **www.finaleonline.de** zusammen mit ausführlichen Lösungen kostenlos heruntergeladen werden. Gib dazu einfach diesen Code ein:

EN8L3W4

Einfach mal reinschauen: www.finaleonline.de

Autorin: Lara Jost

westermann GRUPPE

Bildnachweis: |Getty Images, München: New York Daily News/Bramhall, Bill 159.1, 167.1. |Globe Cartoon, Geneva: © Chappatte in Der Spiegel www.chappatte.com 11.1, 182.1. |Peter Wirtz Fotografie, Dormagen: Titel.

Druck A[1]/Jahr 2022
Alle Drucke der Serie A sind im Unterricht parallel verwendbar.

Redaktion: lüra – Klemt & Mues GbR
Kontakt: finale@westermanngruppe.de
Layout: LIO Design GmbH, Braunschweig
Umschlaggestaltung: Gingco.Net, Braunschweig
Umschlagfoto: Peter Wirtz, Dormagen
Druck und Bindung: Westermann Druck GmbH, Georg-Westermann-Allee 66, 38104 Braunschweig

ISBN 978-3-7426-**2377**-5

Inhaltsverzeichnis

Methoden der Textanalyse

Literarische Texte

Sach- und Gebrauchstexte

Visuelle Materialien

Informationen zur Sprachmittlung

Beispiele für Prüfungsaufgaben

Trainingsaufgaben

Original-Prüfungsaufgaben 2021 und 2022

Arbeiten mit FiNALE

FiNALE Prüfungstraining Englisch bietet Ihnen eine praxisnahe Hilfe zur Vorbereitung auf die Abiturprüfungen. Sie finden daher im Buch Information zu den Qualifikations- und Prüfungsphasen für das Basisfach und das Leistungsfach Englisch, hilfreiche Redemittel für die einzelnen Prüfungsteile sowie Hinweise und Tipps zu Aufbau und Gestaltung Ihrer mündlichen und schriftlichen Beiträge. Des Weiteren bieten wir Ihnen Aufgaben, die passgenau auf die relevanten Inhalte ausgerichtet sind, sowie die komplette Prüfungsaufgabe 2021, die vom Niveau dem Leistungsfachprofil entspricht. Zusätzlich finden Sie Aufgaben zu den unterschiedlichen Aufgabentypen auf Prüfungsniveau. Sobald die Aufgaben des Abiturs 2022 zur Veröffentlichung freigegeben sind, können Sie diese unter www.finaleonline.de abrufen.

Das Kapitel „Informationen und Tipps zur Prüfung“ dient als Orientierung bezüglich der Rahmenbedingungen und Anforderungen im Basis- und Leistungsfach. Die Erklärung der gängigen Operatoren und der Bewertungskriterien, nach denen Ihre Lehrerinnen und Lehrer Ihre Arbeiten korrigieren, bieten wertvolle Hilfestellungen.
Die sprachliche Leistung spielt in der Fremdsprache bei aller inhaltlich-thematischer Kompetenz immer noch die herausragende Rolle. Ein sicherer Umgang mit den Strukturen und Wörtern der englischen Sprache ist also unabdingbar. Deshalb haben wir in *Finale* ein ganzes Kapitel der sprachlichen Leistung gewidmet.
Das Kapitel „Basiswissen“ bietet Ihnen eine kompakte Übersicht über die für das gesamte Abitur in den Kurstufen vorgegebenen Themen, die Ihnen sowohl in den mündlichen Prüfungen als auch in der schriftlichen Prüfung als Wahlmöglichkeit im Teilbereich II (Textproduktion) begegnen können. Das Kapitel hilft Ihnen, das im Unterricht erworbene Wissen zu strukturieren und in seinen Grundzügen abzurufen.
Die Schwerpunktthemen für das Abitur 2023, „The Ambiguity of Belonging“, „Crooked Letter, Crooked Letter“ und „Gran Torino“, werden in einem eigenen Kapitel behandelt. Hintergrundinformationen, wesentliche Aspekte und Interpretationsansätze sowie Verknüpfungen zwischen den drei Themenbereichen helfen Ihnen, klare Bezüge herzustellen und Ihr Wissen zu strukturieren und zu vertiefen.
Verschiedene Methoden zur Arbeit mit Text- oder Bildmaterial sowie geeignete sprachliche Mittel hierzu liefert Ihnen das Kapitel „Methoden zur Textanalyse“.

Weitere Übungen zu den unterschiedlichen Aufgabentypen finden Sie im Kapitel Trainingsaufgaben, sodass Sie Ihr Wissen individuell selbst überprüfen können.

Wir wünschen Ihnen viel Erfolg!

Informationen und Tipps zur Prüfung

Information zur Abiturprüfung:
https://km-bw.de/,Lde/Startseite/Schule/Abitur+und+Oberstufe

Das Abitur im Basis- und Leistungsfach

Aufbau

Im Folgenden finden Sie die Ihnen bereits bekannte Aufteilung zwischen Basis- und Leistungsfach, sowie Informationen zu Inhalten der Qualifikationsphase (die für Sie ja bereits läuft) und der notenrelevanten Leistungsmessung.

Im Basisfach Englisch	Im Leistungsfach Englisch
Inhalte: Das Schwerpunktthema: "The Ambiguity of belonging" *Gran Torino* *Crooked Letter, Crooked Letter* Mindestens eines der beiden Pflichtwerke ist in angemessenem Umfang in der Niveaustufe des Basisfaches zu erarbeiten.	**Inhalte:** Das Schwerpunktthema: "The Ambiguity of belonging" *Gran Torino* *Crooked Letter, Crooked Letter*
Qualifikationsphase: In allen Schulhalbjahren wird eine Klausur geschrieben: – (2x mit Leseverstehensaufgaben und 1x mit Hörverstehensaufgaben) – pro Klausur eine Textproduktionsaufgabe (Analyse, Sprachmittlung, *Composition*-Aufgabe) Alle drei Anforderungsbereiche müssen abgedeckt werden: – Schwerpunkt liegt im Anforderungsbereich II – Anforderungsbereiche I und II sind stärker im Fokus als Anforderungsbereich III Im Laufe der vier Schulhalbjahre erbringen Sie einen monologischen (5 Min.) und einen dialogischen (10 Min.) Beitrag (Tipps ab Seite 15)	**Qualifikationsphase:** In den ersten drei Schulhalbjahren werden mindestens zwei Klausuren und im vierten Schulhalbjahr mindestens eine Klausur geschrieben: – 1x ausschließlich Sprachmittlungsaufgabe – Die restlichen Klausuren decken die Aufgabentypen der Abiturprüfung ab (siehe Anforderungsbereiche S. 7 / Operatoren S. 8) Alle drei Anforderungsbereiche müssen abgedeckt sein: – Schwerpunkt liegt im Anforderungsbereich II – Anforderungsbereiche II und III sind stärker im Fokus als Anforderungsbereich I

Mündliche Prüfung:	Schriftliche Prüfung inklusive Hörverstehen:
s. S. 14	siehe Seite 11 **Mündliche Kommunikationsprüfung:** siehe S. 14 (Teil der schriftlichen Prüfung)

Die Abiturprüfung besteht aus folgenden Teilen:

Teil A: I. Listening
II. Reading
III.1 Analysis
III.2 Composition
Teil B: Mündliche Prüfung

Die Anforderungsbereiche der Prüfung (schriftliche Klausuren)

Durch den gemeinsamen europäischen Referenzrahmen bestehen die schriftlichen Leistungsmessungen aus drei Anforderungsbereichen:

Im **Anforderungsbereich I** (Reproduktion) werden Ihr Hörverstehen und Ihr Leseverstehen geprüft, und zwar im Basisfach während der vier Schulhalbjahre schriftlich und mündlich im Rahmen der mündlichen Prüfung, im Leistungsfach als Teil I *(Listening Comprehension)* und Teil II *(Reading Comprehension)* der schriftlichen Abiturprüfung. Es werden Ihnen geschlossene oder halboffene Aufgabenformate zu einem englischen Ausgangstext aus dem Bereich soziokulturelles Wissen gestellt.

Die Aufgabenformate können von Multiple-Choice-Aufgaben, bei denen Sie aus mehreren Antworten die zutreffenden Aussagen auswählen und belegen müssen, über Entscheidungsfragen mit gefordertem Belegzitat aus dem Ausgangstext und Zuordnungsaufgaben, Reihungsaufgaben bis hin zum Vervollständigen von Aussagen reichen.

Beispiele: *Match the given headlines to the paragraphs in the text.*

oder *Read the given excerpt and tick the correct statement. Support your choice by giving a quote from the text which you think proves the statement.*

oder *Outline the situation in the given extract by choosing the correct statements.*

Der **Anforderungsbereich II** (Reorganisation) betrifft die Analyse sowie die Reorganisation von Texten. Sowohl im Basis- als auch im Leistungsfach schreiben Sie eine komplette ca. 60-minütige Sprachmittlungsklausur (dies ist möglicherweise bereits erfolgt). Bei der Sprachmittlung sollen Sie gemäß einer Aufgabenstellung bestimmte Information aus einem deutschen Text in englischer Sprache in einen vorgegebenen Kontext einbetten. Dabei sind Sprachregister, Adressat, Kontext und Inhalt zu beachten (siehe auch Kapitel Sprachmittlung, Seite 146).

Beispiel: *During his stay in Germany, your American exchange partner was surprised to find that some of the concepts he had about the Germans – drinking beer and eating "schnitzels" all the time – were not true. After his return he has contacted you because he is preparing a presentation about stereotypes and is asking for your help now. You have found the following article. Write to your friend mediating the content of this article.*

Bei der **Analysis** geht es um um die vertiefte Auseinandersetzung mit einem Thema auf der Grundlage des vorgelegten Textes und eventuell weiterer Texte oder Bildimpulse (z. B. Diagramme, Karikaturen). Das verknüpfende oder vergleichende Bearbeiten und Darstellen der im Text behandelten Sachverhalte steht hier im Mittelpunkt. Die Aufgabenstellungen können über die Textvorlage hinausgehen, damit Sie Ihre im Rahmen des Unterrichts erlangten Kenntnisse entsprechend einbringen können.
Beispiel: *Analyse the way the story is told and the way the language is used; relate your analysis to the historical background and refer to the given photograph.*

Der **Teil Composition** betrifft den **Anforderungsbereich III** (Werten und Gestalten). Diese Aufgabenstellung verlangt eine persönliche, argumentative Stellungnahme oder eine gestaltende Interpretation. Das Werten und Gestalten steht also im Vordergrund. In diesem Aufgabenbereich müssen Sie anhand Ihrer Methodenkompetenz strukturiert komplexe Sachverhalte und Materialien verarbeiten. Dazu gehören eigene Stellungnahmen, Deutungen, Begründungen und persönliche Wertungen. Auch hier dienen Ihnen die im Unterricht erworbenen themenspezifischen Kenntnisse, aber auch Methoden und Arbeitstechniken als Grundlage. Sie werden die Möglichkeit haben, aus zwei Aufgabenstellungen zu wählen, und zwar eine Aufgabestellung zum Schwerpunktthema und eine Aufgabenstellung zu einem weiteren, im Verlauf der Kursstufe behandelten Themenkomplex.

Beispiele: *Compare the challenges described by the contemporary witness in the given text with Walt's experiences and his general attitude.*

oder *Based on the interpretation of the following cartoon, outline the social challenges globalization creates and the various ways in which developing and developed countries deal with them.*

Operatoren für die Anforderungsbereiche

Operatoren sind Arbeitsanweisungen. Im Folgenden sind die Operatoren nach Anforderungsbereichen sortiert.

TIPP zum Punktesammeln

Machen Sie sich mit der Bedeutung dieser Operatoren gut vertraut, um die entsprechenden Anforderungen der Aufgabe erfüllen zu können. Bedenken Sie stets, dass jede produktive Aufgabe (Sprachmittlung, Analyse-Aufgabe und Composition-Aufgabe) immer aus Einleitung (Hinführung zum Thema), Hauptteil und Schluss bestehen muss.

Anforderungsbereich I: Textverständnis und Reproduktion

Operator	Definition	Beispiel
complete	vervollständigen	*Complete the sentences with information from the text.*
match	zusammenfügen	*Match each heading to a suitable paragraph.*
tick	ankreuzen, abhaken	*Tick the correct answer.*
paraphrase	einen Satz, eine Aussage oder Passage eines Textes mit anderen Worten sinngemäß wiedergeben	*Paraphrase the following statements.*
fill in/fill in the gaps	ausfüllen, Lücken füllen	*Fill in the gaps using suitable information.*
prove	beweisen	*Prove your chosen answer with a quote from the text.*

Anforderungsbereich II: Reorganisation und Analyse

Operator	Definition	Beispiel
analyse	Herausarbeitung der wesentlichen Textelemente (Form und/oder Inhalt), sachgerechte Erläuterung, wie diese für den vorliegenden Text wirksam sind, abschließend Bündelung der Ergebnisse in einer schlüssigen Gesamtaussage	*Analyse the relationship between the two protagonists in the given excerpt.*
characterize	den Charakter einer Person beschreiben und entsprechende Beispiele aus dem Text/den Texten entnehmen	*Characterize the main protagonist in "Crooked Letter, Crooked Letter".*
compare/ contrast	Kategorien oder Vergleichsmomente je nach Aufgabenstellung selbst erarbeiten oder der Aufgabe entnehmen, Gemeinsamkeiten oder Unterschiede klar und abstrahierend benennen (im Sinne einer Interpretationsleistung, vgl S. 10) und mit entsprechenden Textbeispielen belegen	*Contrast the two forms of the American Dream as mentioned in the text and shown in the cartoon.*
contrast/ juxtapose	Unterschiede/Gegensätze beschreiben und analysieren	*Contrast the protagonist's belief with the main message of the President's speech.*
delineate	Argumente oder Geschehnisse sinnvoll sortieren und ordnen	*Delineate the development of events that lead to Walt's death in "Gran Torino".*

examine	untersuchen: bestimmte Aspekte eines Textes/Sachverhaltes detailliert beschreiben und erklären	*Examine the use of stylistic devices in the given excerpts.*
explain	erklären: unter Angabe von Gründen detailliert beschreiben und klar definieren	*Explain Larry's struggle to belong in contrast to Silas' struggle to belong.*
illustrate/show	anhand von Beispielen etwas erklären/verdeutlichen	*Illustrate the character's real intentions.*
outline	umreißen: die grundsätzlichen Aspekte zusammenfassend darstellen (ohne unwesentliche Details)	*Outline the protagonist's attitude towards the traditions of his/her culture.*
put into context	eine Handlung, einen Sachverhalt oder eine Aussage mit relevanten historischen oder themenbezogenen Aspekten verbinden	*Put the character's inner development into the context of racial profiling.*
relate	in Beziehung setzen: einen oder mehrere Aspekte eines Textes herausfiltern und eine sinnvolle Verbindung/Beziehung zu Aspekten eines anderen Textes/Bildimpulses herstellen oder aufzeigen	*Relate the photograph and its meaning to the gangs in "Gran Torino".*
Sum up/ summarize	zusammenfassen	*Summarize the events.*

Anforderungsbereich III: Werten und Gestalten

Operator	**Definition**	**Beispiel**
assess/evaluate	allgemein gültige und der Aufgabenstellung entsprechend relevante Kriterien nennen, daraus argumentativ ableitend eine differenzierte Bewertung vornehmen, aus dieser Bewertung eine schlüssige Gesamteinschätzung ableiten	*Evaluate the chances of the protagonist's plan.*
comment on/ state	ähnlich einer linearen Erörterung im Fach Deutsch klar und differenziert Stellung nehmen und diese mit aussagekräftigen Argumenten und Beispielen untermauern	*Comment on the immigration policy of the US.*
contrast	die Unterschiede/Gegensätze zwischen zwei oder mehr Sachverhalten/Aussagen/Positionen erläutern	*Contrast the protagonist's ideas of freedom with other theories and ideas of your own.*

discuss	die wesentlichen Aspekte des Themas untersuchen, diese in pro und kontra gliedern (ähnlich der dialektischen Erörterung im Fach Deutsch anhand von These, Begründung, Beispiel); anhand der genannten Argumente und der Abwägung dieser gegeneinander eine Schlussfolgerung auf sachlicher oder persönlicher Ebene ziehen	*Discuss advantages and disadvantages of genetic engineering.*
interpret	die Bedeutung eines Textes/eines Zitats/einer Aussage/einer Kampagne/einer Position/eines Bildimpulses anhand einer Analyse klären (vgl. Analyse S. 8), in soziokulturellen Kontext stellen und zu einer schlüssigen Gesamtaussage führen. Eine kurze persönliche Bewertung am Ende ist möglich.	*Interpret the author's use of language.*
justify	Behauptungen/Aussagen anhand von adäquaten Beispielen begründen	*Justify the protagonist's point of view.*
Write a + *text type*	einen kreativen Text im vorgegeben Stil schreiben	*Write a letter/diary entry/inner (=interior) monologue ...*

Prüfungsdauer der schriftlichen Abiturprüfung und erlaubte Hilfsmittel

Die Prüfung dauert **240 Minuten**. 2021 gab es aufgrund der Corona-Pandemie eine Verlängerung der Schreibzeit. Ihre Fachlehrer oder Fachlehrerinnen werden Sie zu gegebener Zeit davon in Kenntnis setzen, ob es auch für das Abitur 2023 eine entsprechende Regelung geben wird.

Erlaubt sind ein in der Kursstufe eingeführtes einsprachiges Wörterbuch (Englisch) und ein in der Kursstufe eingeführtes zweisprachiges Wörterbuch Englisch – Deutsch/Deutsch – Englisch sowie ein Nachschlagewerk zur deutschen Rechtschreibung und Zeichensetzung. Sie erhalten alle benötigten Lösungsbögen und Konzeptpapier direkt vor der Prüfung im Prüfungsraum. Bringen Sie Ihre Schreibutensilien (Füller, Tinte, Kugelschreiber, Bleistift usw.) mit.

Beachten Sie: Mobiltelefone und Smartphones sind in der Prüfung nicht erlaubt (auch nicht als „Uhr“)!

Prüfungsaufgabe und Prüfungsthemen

Sie werden eine Prüfungsaufgabe vorgelegt bekommen, die aus einer Aufgabe zum Hörverstehen und einer zweiteiligen Textaufgabe besteht. Das Schwerpunktthema für die schriftliche Abiturprüfung umfasst die folgenden Themen:
The Ambiguity of Belonging
1. *Crooked Letter, Crooked Letter* von Tom Franklin (2010)
2. *Gran Torino* (Film USA 2008, Regie Clint Eastwood)

Diese Themen sind nicht strikt voneinander getrennt zu sehen, sondern greifen ineinander:

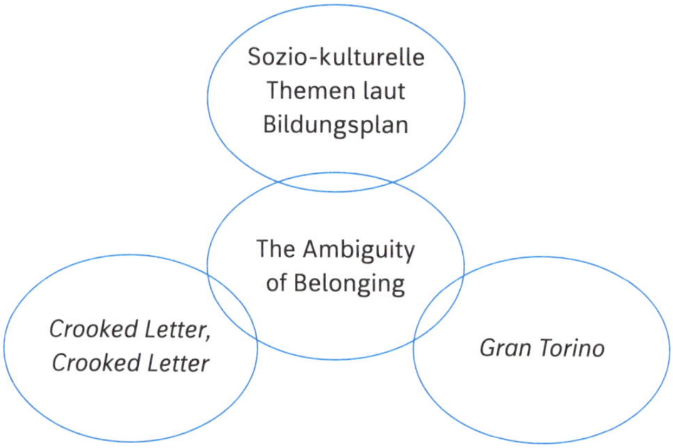

TIPP zum Punktesammeln

Bedenken Sie, dass die politischen und kulturellen Entwicklungen der USA als Hintergrundwissen für das Verständnis des Literaturthemas und des Films unabdingbar sind.

Die **thematischen Aspekte**, die Sie in den Kursstufen behandelt haben und die Ihnen als Wahlmöglichkeit im Teilbereich III.2 oder in der Kommunikationsprüfung begegnen werden, sind durch den Bildungsplan vorgegeben und umfassen unter anderem:
- zentrale Elemente des nationalen Selbstverständnisses Großbritanniens und der USA
- das heutige Großbritannien vor dem Hintergrund seiner Geschichte als Weltmacht: *European Union, Brexit, Commonwealth, Empire, constitutional monarchy*
- wichtige Erscheinungen zeitgenössischen Lebens und der politischen Kultur Großbritanniens und der USA
- politische, kulturelle und gesellschaftliche Entwicklungen in den USA: *American myths and American Dream, immigration, multicultural society, human rights (Declaration of Independence, constitution, civil rights), global role*
- die jeweilige Bedeutung der Beziehung zwischen Deutschland und den USA bzw. Großbritannien
- die Beziehung zwischen Individuum und Staat (Balance zwischen staatlicher Fürsorge/Aufsicht und Selbstverantwortung/*self-reliance,* Freiheitsverständnis, politische Teilhabe) in Bezug auf die Zielkulturen Großbritannien und USA

- die Frage der nationalen und individuellen Identität in multikulturellen Gesellschaften *(national myths, Britishness, politics of immigration, acculturation versus parallel societies, language and identity, struggle for racial equality)* in Bezug auf die Zielkulturen Großbritannien und USA
- die aktuell gegebenen Lebens- und politischen Verhältnisse in den USA und in Großbritannien, auch in ihrer historischen Bedingtheit
- Chancen und Probleme sozialen Wandels vor dem Hintergrund der Globalisierung, sowie Spannungsfelder zwischen Wissenschaft und Ethik
- Globalisierung als Chance und Herausforderung (Arbeitswelt, *gap between rich and poor,* Menschenrechte, internationale Konflikte und Friedensbildung/*peacekeeping)*
- ausgewählte Aspekte eines weiteren, über die USA und Großbritannien hinausgehenden Teils der englischsprachigen Welt (z. B. Kanada, Australien etc.)
- mindestens zwei umfangreichere Werke der englischsprachigen Literatur und Beispieltexte verschiedener literarischer Gattungen
- die Bedeutung des Englischen als *lingua franca* und die Probleme des sogenannten Sprachimperialismus.

Die Vorgaben des Ministeriums können auf dem Bildungsserver des Landes Baden-Württemberg nachgelesen werden: http://www.kultusportal-bw.de, Stichwort Bildungspläne)

Bewertung und Punkteverteilung der schriftlichen Prüfung

Folgende Merkmale sollte zum Beispiel eine inhaltlich sehr gute Arbeit aufweisen:

TIPP zum Punktesammeln

Bei der Bewertung Ihrer Arbeit werden die Punkte für Inhalt und Sprache gesondert gegeben. Es ist also sinnvoll, sowohl inhaltlich als auch methodisch – und natürlich sprachlich – gut vorbereitet zu sein. Auch die optische Gestaltung der Texte spielt eine Rolle, Übersichtlichkeit durch Gliederung und Aufbau sollten gegeben sein.

- erfüllt die gestellten Aufgaben umfassend
- durchgehend sehr differenzierte, sachgerechte, logisch strukturierte und kohärente Darstellung
- bei der Sprachmittlung: alle zentralen Aspekte vollständig, klar strukturiert und entsprechend der Aufgabenstellung eindeutig adressatenbezogen wiedergegeben
- Textsortenmerkmale laut Aufgabenstellung überzeugend angewandt.

Eine sehr gute sprachliche Leistung zeichnet sich unter anderem aus durch:

- nahezu korrekter Sprachgebrauch
- kaum Verstöße gegen die Sprachnorm
- durchweg sehr gute Verständlichkeit
- differenzierter Wortschatz
- sichere Beherrschung von idiomatischen Wendungen
- differenzierter Gebrauch komplexerer syntaktischer und grammatischer Strukturen
- sehr gute Verwendung textstrukturierender Elemente.

Die mündliche Prüfung

1. Die mündliche Prüfung für das Basisfach

Grundlagen
Die Prüfung ist eine Einzelprüfung. Sie erhalten einen Prüfungstext von etwa 200–300 Wörtern Umfang aus den Bereichen Literatur, soziokulturellem Orientierungswissen oder den Schwerpunktthemen und dazu eine oder höchstens zwei Aufgabenstellungen, die alle drei Anforderungsbereiche (Reproduktion, Reorganisation, Stellungnahme) abdecken. Aus diesen Aufgabenstellungen heraus sollen Sie einen zusammenhängenden 10-minütigen Vortrag entwickeln. Der Schwerpunkt der Aufgabenstellung liegt in den Anforderungsbereichen I und II.

Ablauf
Sie erhalten Ihren Text und haben eine 20-minütige Vorbereitungszeit unter Aufsicht, in der Sie ein einsprachiges und ein zweisprachiges Wörterbuch verwenden dürfen, um Ihre Aufzeichnungen zu machen.

Durchführung
Sie halten Ihren 10-minütigen Vortrag vor der Prüfungskommission. Im anschließenden Prüfungsgespräch mit den Prüfern wird das Thema erweitert, vertieft und eventuell auch übergeleitet in einen weiteren Themenbereich. Ihre innere Flexibilität und Ihre Vernetzungsfähigkeit in Bezug auf verschiedene Kompetenzen werden hierdurch geprüft.

2. Die mündliche Kommunikationsprüfung für das Leistungsfach

Die mündliche Kommunikationsprüfung zählt 25% der Gesamtnotenpunktzahl der schriftlichen Abiturprüfung und ist ein Teilbereich davon.
Sie besteht aus zwei Teilen: Im ersten Teil halten Sie einen Vortrag anhand von Material, dass Ihnen zuvor ausgehändigt wurde. Sie haben 15 Minuten Vorbereitungszeit allein, während der Ihnen ein einsprachiges Wörterbuch als Hilfsmittel zur Verfügung steht. Sie sollten dann im zweiten Teil mindestens fünf Minuten strukturiert und klar und mit Bezug auf das vorgelegte Material über das vorgegebene Thema sprechen können.

Beispiel: **Monolog:** *Describe and analyse the cartoon and explain the negative aspects of globalization.*

Dialog: *Comment on the arguments presented by your partner and explain why you think the circumstances illustrated in the visuals should be opposed or supported.*

Ablauf und Vorgehen

Im Folgenden finden Sie eine *step-by-step*-Anleitung, die Ihnen ein mögliches Vorgehen in der mündlichen Prüfung aufzeigt.

Schritt 1: Vorbereitungszeit (im Vorbereitungsraum)

Im Basisfach Englisch	Im Leistungsfach Englisch
20 Minuten Bereiten Sie sich vor, indem Sie die Anweisungen/Aufgabenstellung auf Ihrem Material (kurzer Text, Foto, Cartoon, Diagramm) der Aufgabenstellung entsprechend bearbeiten. – Entwerfen Sie einen Monolog zu Ihrem Thema, d. h., notieren Sie die inhaltlich relevanten Punkte in sinnvoller Reihenfolge. – Untermauern und stützen Sie Ihre Argumente durch Fakten und Beispiele (aktuelle Anlässe, Geschichtliches, Zitate, eigene Erfahrungen). – Fertigen Sie Mindmaps oder Notizkärtchen an, die Sie in Ihrem Vortrag stützen. – Überlegen Sie sich, welche Themen mit dem Ihnen vorliegenden Thema verknüpft sein können – so sind Sie auf weiterführende Fragen und eventuelle Themenwechsel vorbereitet.	**15 Minuten** Bereiten Sie sich vor, indem Sie die Anweisungen/Aufgabenstellung auf Ihrem Material (kurzer Text, Foto, Cartoon, Diagramm) der Aufgabenstellung entsprechend bearbeiten. – Entwerfen Sie einen Monolog zu Ihrem Thema, d. h., notieren Sie die inhaltlich relevanten Punkte in sinnvoller Reihenfolge. – Untermauern und stützen Sie Ihre Argumente durch Fakten und Beispiele (aktuelle Anlässe, Geschichtliches, Zitate, eigene Erfahrungen). – Fertigen Sie Mindmaps oder Notizkärtchen an, die Sie in Ihrem Vortrag stützen. – Für den Dialog: Überlegen Sie sich, welche Argumente Ihr Tandempartner anführen könnte und wie Sie darauf reagieren können.

Schritt 2: Ihr Vortrag (Monolog)

Im Basisfach Englisch	Im Leistungsfach Englisch
10 Minuten Halten Sie Ihr Referat. Sie sollten eine überzeugte Haltung zeigen, ohne dabei in Übereifer zu verfallen. – Geben Sie zu Beginn eine kurze Übersicht über die inhaltliche Vorgehensweise und die Reihenfolge. – Tragen Sie Ihre Hauptpunkte vor und achten Sie auch auf Ihre Körpersprache und Blickkontakt!	**mindestens 5 Minuten** Halten Sie Ihr Referat. Sie sollten eine überzeugte Haltung zeigen, ohne dabei in Übereifer zu verfallen. – Geben Sie zu Beginn eine kurze Übersicht über die inhaltliche Vorgehensweise und die Reihenfolge. – Tragen Sie Ihre Hauptpunkte vor und achten Sie auch auf Ihre Körpersprache und Blickkontakt!

– Fassen Sie das Wesentliche noch einmal zusammen und runden Sie Ihr Referat mit einer persönlichen Stellungnahme ab.	– Fassen Sie das Wesentliche noch einmal zusammen und runden Sie Ihr Referat mit einer persönlichen Stellungnahme ab.

Schritt 3: Prüfungsgespräch

Im Basisfach Englisch	Im Leistungsfach Englisch
Ihr Lehrer oder Ihre Lehrerin wird Sie mit Aussagen und Argumenten konfrontieren. – Hören Sie Ihrem Lehrer oder Ihrer Lehrerin aufmerksam zu. – Machen Sie Notizen zu seinen Aussagen und vergleichen Sie diese mit Ihrer Vorbereitung. – Versuchen Sie, eine Basis für eine gemeinsame Schlussfolgerung zu finden. – Auch hier sind Blickkontakt und ab und zu ein Lächeln durchaus angebracht.	**Im Falle einer Einzelprüfung:** Ihr Lehrer oder Ihre Lehrerin wird Sie mit Aussagen und Argumenten konfrontieren. – Hören Sie Ihrem Lehrer oder Ihrer Lehrerin aufmerksam zu. – Machen Sie Notizen zu seinen Aussagen und vergleichen Sie diese mit Ihrer Vorbereitung. – Versuchen Sie, eine Basis für eine gemeinsame Schlussfolgerung zu finden. – Auch hier sind Blickkontakt und ab und zu ein Lächeln durchaus angebracht. **Im Falle einer Tandemprüfung** Während Ihr Partner seinen Vortrag hält: – Hören Sie Ihrem Tandempartner aufmerksam zu. – Machen Sie sich Notizen zu seinen Aussagen und vergleichen Sie diese mit Ihrer Vorbereitung. – Versuchen Sie, eine Basis für eine gemeinsame Schlussfolgerung zu finden. – Unterstützen Sie Ihren Tandempartner durch ermutigende Körpersprache und Blickkontakt.
Versuchen Sie, im Gespräch gelassen und zugleich sicher aufzutreten. Auch hier helfen Körpersprache und Blickkontakt. Ein kleines Lächeln am richtigen Ort entspannt Sie und das Gespräch ebenfalls! – Ergänzen Sie die gehörten Argumente oder zeigen Sie deren Schwachstellen auf. Nötigenfalls wiederlegen Sie sie anhand von Fakten und Beispielen.	Versuchen Sie, im Gespräch gelassen und zugleich sicher aufzutreten. Auch hier helfen Körpersprache und Blickkontakt. Ein kleines Lächeln am richtigen Ort entspannt Sie und das Gespräch ebenfalls! – Ergänzen Sie die gehörten Argumente oder zeigen Sie deren Schwachstellen auf. Nötigenfalls wiederlegen Sie sie anhand von Fakten und Beispielen.

Stellen Sie gezielte und produktive Fragen. – Stärken und verteidigen Sie Ihre Argumente durch Beispiele und Details. – Versuchen Sie, eine Einigung zu erzielen, wobei Sie durchaus Kompromisse eingehen können. Wichtig ist, dass Sie Ihre Schlussfolgerungen auf Fakten aufbauen und somit auch erklären können.	Stellen Sie gezielte und produktive Fragen. – Stärken und verteidigen Sie Ihre Argumente durch Beispiele und Details. – Versuchen Sie, eine Einigung zu erzielen, wobei Sie durchaus Kompromisse eingehen können. Wichtig ist, dass Sie Ihre Schlussfolgerungen auf Fakten aufbauen und somit auch erklären können.

Hilfreiche Redewendungen

Monolog (Ihr Referat)

Einleitung	
– Begrüßung, Vorstellung – Was ist Ihr Thema? Worüber werden Sie sprechen? – In welcher Reihenfolge werden Sie welche Aspekte behandeln?	– *Good morning ...* – *I would like to speak about ...* – *My topic is ...* – *First I will ... and then ... followed by ...* – *To start with, I'll ..., next ...* – *Firstly, ..., secondly, ..., thirdly, ..., finally, ...*
Hauptteil	
– Ihre Aspekte	– *The first point I would like to look at is ...* – *First, we should ask ourselves ...* – *To begin with, ...* – *First and foremost, ...*
– Überleitungen von einem Aspekt zum nächsten	– *The next point to be considered is ...* – *We must also take into account that ...* – *We should also consider the fact that ...* – *Another argument is ...* – *In the second place, ...*
Schluss	
– Womit schließen Sie? – Was ist Ihre persönliche Schlussfolgerung? – Wo positionieren Sie sich?	– *In conclusion ...* – *Last of all ...* – *The final point is ...* – *There is only so much left to say ...*

Dialog (das Gespräch)

Rückfragen klären um Erklärung bitten um Beurteilung bitten	– *Do you mean to say that ...?* – *Have I understood you correctly ...?* – *Could you please specify ...?* – *Would you be kind enough to elaborate on this?* – *Could you please explain that in a bit more detail ...?* – *What do you mean by ...?* – *Where is your main point?* – *What do you think of ...?* – *What is your opinion on ...?* – *What do you make of ...?*
zustimmen Zweifel ausdrücken widersprechen/einwenden etwas billigen/einräumen	– *I'm right behind you on the point of ...* – *I agree entirely with you about the fact that ...* – *I endorse the fact that ...* – *... is exactly how I see it.* – *I have my doubts as to whether ...* – *Whether ... is more than doubtful.* – *I'm not quite sure about your argument that ...* – *I'm afraid I have to contradict you.* – *Considering ... I see this matter rather differently ...* – *I can't help feeling ...* – *Your assertion is only partly correct.* – *You haven't portrayed the facts correctly/ fully.* – *You may well be right, but consider ... too.* – *I don't think we can draw that conclusion yet.* – *That is acceptable.* – *There can be no objection to that.* – *Your objection is justified/legitimate.* – *You are right, I didn't consider that.*
zusammenfassen und einigen	– *The crucial points can be summarized as follows: ...* – *Summarizing, we could agree on the following points ...* – *We can assume then ...* – *So it is perfectly conceivable that ...* – *I am with you on that.*

	– *Maybe a compromise would be to say that ...* – *Whether or not ... is a matter of speculation/ is impossible to say/is written in the stars ...* – *It would be safe to say ...*

Hilfreiche Redemittel zum Formulieren der eigenen Meinung

Stellung nehmen	– *As for/with regard to/as to the question of ... it should be pointed out that ...* – *In contrast/opposition to this ...* – *To this/To the author's statement ... I would like to point out ...* – *I'd like to emphasize the fact ...*
Gründe angeben	– *A point to consider is ...* – *Not only ... but also ...* – *This leads inevitably to ...* – *Indeed ...*
Ähnlichkeiten, Analogien aufzeigen	*likewise/similarly/in the same way*
Gedanken hinzufügen	*in addition/furthermore/besides/ in the same way*
Gedanken abschließen	*in brief/in conclusion/on the whole*
Gegenteil/Kontrast ausdrücken	*however/on the other hand/on the contrary/in contrast to/in spite of/although*
Schlussfolgerung ausdrücken	*consequently/hence/thus/accordingly/ therefore/it follows that ...*
Beispiel anführen	*for instance/for example/such as/as can be seen*
zeitliche Verknüpfung herstellen	*now/ while/as soon as/after/as long as/ initially/previously/recently/finally/eventually/meanwhile/at the same time/at last/ from now on/time and again/off and on*

Stilistische und rhetorische Mittel

Stilistik/Rhetorik	**Erklärung**	**Beispiel**
Antithese/Kontrast	Indem Sie Gegenteiliges oder Kontraste direkt nebeneinanderstellen, verdeutlichen Sie diese. Weisen Sie durch Intonation und Körpersprache auf Ihre bevorzugte Position hin.)	*day and night* *black and white* *hot and cold*
Anapher	In der Rhetorik wird die Anapher gebraucht, um die Wichtigkeit eines Themas zu verdeutlichen, indem Sie dasselbe Wort/dieselbe Phrase immer wieder (am Satzbeginn) verwenden. (Unterstreichen Sie die Betonung durch Gestik, z. B. durch auf den Tisch oder sich in die Hand Klopfen.)	*"I have a dream, that one day … … I have a dream, … I have a dream"* *Ignoring those issues is not just dangerous, ignoring those issues is stupid, and ignoring those issues is lethal!*
Wiederholung	Die Wiederholung eines Wortes/eines Satzes/eines Ausdrucks betont die Aussage und erzeugt einen rhythmischen Effekt, den der Zuhörer als positiv erlebt.	*Man […] does not give milk, he does not lay eggs, he is too weak to pull the plough, he cannot run fast enough to catch rabbits.*
Parallelismus	Der Parallelismus wird verwendet, um Worten/Satzteilen/Ideen durch Nebeneinanderstellen die gleiche Gewichtung zu geben.	*"… and that government of the people, by the people, for the people, shall not perish from the earth." (Abraham Lincoln)*
Trikolon (Auflistung von 3 Einheiten)	Dies ist ein rhetorisches Mittel: ein dreigliedriger Ausdruck, häufig als Klimax oder als Satzgefüge aus drei gereihten Sinneinheiten. So können Sie auf den stärksten Punkt zusteuern.	*"… with malice toward none, with charity toward all, with firmness in the right …" (Abraham Lincoln) […] among these are life, liberty and the pursuit of happiness.*

	(Pausen zwischen den Punkten und eine etwas längere vor dem letzten Punkt sowie eine ansteigende Intonation unterstützen die Signifikanz Ihrer Aussage!)	
Frage – Antwort	Stellen Sie ein Frage, pausieren Sie und geben Sie die Antwort selbst – dadurch wird der Zuhörer neugierig und denkt mit.	*What is this phantom, the governments fear so greatly? The answer is ...* *What is the obvious solution to this? Not an easy question, but ...*
rhetorische Frage	Bei der rhetorischen Frage geht es nicht um die Antwort, sondern vielmehr darum, Ihre Aussage durch die Frage noch zu verstärken. Sie dient dazu, die Zuhörer zu überzeugen. (Mimik und Gestik verstärken Ihre Position noch weiter! Blicken Sie Ihr Gegenüber direkt an, heben Sie die Hände, zucken Sie mit den Schultern ...)	*Why should we tolerate this?* *Who is he, to decide for us?*
Übertreibung (Hyperbole)	Eine absichtliche und offensichtliche Übertreibung untermauert ihre Aussage.	*The people had to wait an eternity before help was provided.*

Idiomatische Redewendungen

Idiomatic expressions verleihen Ihrem Vortrag, aber auch dem anschließenden Gespräch, Lebendigkeit und Authentizität. Sie sollten im Umgang mit diesen Redewendungen sicher sein und sie durch Intonation, Mimik und Gestik unterstreichen. Suchen Sie sich einige Redewendungen aus, die zu Ihrem persönlichen Stil passen und verwenden Sie diese gezielt und sinnvoll.

Die sprachliche Leistung im Abitur

Im Abitur spielt die sprachliche Leistung eine herausragende Rolle. Die Entwicklung der Sprachkompetenz entwickelt sich über viele Jahre hinweg als Prozess und so werden Ihnen in diesem Kapitel die für das Abitur wesentlichen Aspekte angeboten. Listen mit hilfreichen Redemitteln runden Ihre Auseinandersetzung mit der sprachlichen Leistung für das Abitur 2023 ab.

Kommunikative Textgestaltung

Kohärenz, Adressatenorientierung, Leserleitung

Kohärenz

TIPP zum Punktesammeln

Bemühen Sie sich, Ihren Text kohärent, also auch sprachlich zusammenhängend zu gestalten. Schaffen Sie sinnvolle inhaltliche Verknüpfungen zwischen Satzteilen, Sätzen und Sinnabschnitten. Verwenden Sie dazu die sogenannten **Konnektoren,** die als Verbindungsglieder zum besseren Textverständnis beitragen.

Hier ist eine Liste der wichtigsten Konnektoren, geordnet nach ihrer Funktion im Satz.

Reihung von Argumenten

and	und
first(ly), ... second(ly), ... third(ly), ...	erstens, zweitens, drittens
furthermore, ...	außerdem, darüber hinaus
in addition to ...	zusätzlich zu
moreover, ...	ferner, überdies
not only ... but also	nicht nur ... , sondern auch
as well as	sowie
finally, ...	schließlich

Gegensatz

but	aber, sondern
although	obwohl
however,	jedoch
despite the fact that	trotz der Tatsache, dass
in spite of	trotz

nevertheless, nonetheless,	nichtsdestotrotz
even so,	selbst dann
on the contrary,	im Gegensatz dazu
on the one hand, ... on the other hand	einerseits ... andererseits
unlike	anders als
whereas	während/wogegen/indessen
while/whilst	während (dagegen)
yet	dennoch

Bedingung

if	falls, wenn
unless	wenn nicht
otherwise	ansonsten

Folge

because	weil
since	da
so	daher
consequently	folglich
as a result	demzufolge
therefore	daher, deshalb
due to	infolge
according to ...	... zufolge
that is why	deshalb

Vergleich

like	wie
in comparison with	im Vergleich zu
similarly	ähnlich
equally	gleichermaßen

Adressatenorientierung

Schneiden Sie Ihren Text genau auf den Adressaten zu und drücken Sie sich präzise aus. Bewegen Sie sich in der Abiturklausur auf einer neutralen Sprachebene, vermeiden Sie also Stilbrüche wie Slangwörter und *spoken English*. Auch *contracted forms (they're, he's got)* sind in einem schriftlichen Text dieser Art nicht angebracht.

Leserleitung: *Writing a paragraph/comment*

Hier soll insbesondere der *argumentative comment* näher betrachtet werden, in dem Argumente für und gegen eine Behauptung erläutert werden. Die Form des *comment,* der eine These stützt bzw. nur antithetisch arbeitet, ist ein Teilbereich eines *argumentative comment.*

Entwickeln Sie in Ihrem Text eine für die Leser nachvollziehbare Argumentation. Ein *comment* folgt einer klaren Struktur: Er beginnt mit einem *topic sentence* zur Einleitung, in dem eine Aussage zum Thema gemacht wird. Anschließend führt er das Argument aus **(These),** geht über zur Darstellung der Gegenargumente **(Antithese),** um mit einer **Schlussfolgerung** bzw. der **Darstellung der eigenen Meinung** abzuschließen. In jedem Teil sollten spezifische Formulierungen zur logischen Verknüpfung eingesetzt werden, um den Lesern die Redeabsicht zu signalisieren.

Eine Sicherheit ausdrücken

The fact is that ...	Es ist eine Tatsache, dass ...
It cannot be denied that ...	Man kann nicht leugnen, dass ...
It goes without saying that ...	Selbstredend ...
Undoubtedly, ...	Zweifellos (am Satzanfang) ...
I am convinced that ...	Ich bin überzeugt davon, dass ...
It is indisputable/obvious that ... There is no doubt that ...	Es ist unbestreitbar/offensichtlich/kein Zweifel, dass ...
It is inevitable that ...	Es ist unvermeidbar, dass ...

Eine Vermutung ausdrücken

Apparently, ...	Anscheinend (am Satzanfang) ...
They will probably ...	Sie werden wahrscheinlich ...
It seems highly likely that ...	Es scheint äußerst wahrscheinlich, dass ...
It may be the case that ...	Es kann sein, dass ...

Einen Zweifel ausdrücken

It is doubtful whether ...	Es ist zweifelhaft, ob ...
I wonder if ...	Ich frage mich, ob ...
There is no proof/evidence that ...	Es gibt keine Beweise, dass ...

Einen Sachverhalt betonen

In order to stress that ...	Um hervorzuheben, dass ...
to emphasize	betonen
I would like to make it clear that ...	Ich möchte klarstellen, dass ...

Eine Meinung ausdrücken

In my opinion/To my mind/In my view ...	Meiner Meinung nach ...
My thoughts on the subject are ...	Meine Meinung zu diesem Thema ist ...
Personally, I think that/My personal view is that ...	Ich persönlich denke, dass ...
As far as I am concerned, ...	Was mich angeht ...
From my point of view, ...	Aus meiner Sicht ...
I assume ...	Ich vermute ...
I am (not) convinced that ...	Ich bin (nicht) überzeugt davon, dass ...
I can't help thinking that ...	Ich kann nicht umhin zu denken, dass ...
I get the impression that ...	Ich habe den Eindruck, dass ...
I am afraid that ...	Ich fürchte, dass (abschwächend) ...
Honestly, ... To be honest, ...	Ehrlich gesagt ...
I can't judge ...	Ich kann ... nicht beurteilen
I am in no position to say ...	Es steht mir nicht zu, mich zu ... zu äußern.

Einen Widerspruch einräumen

in contrast to	im Gegensatz zu
On the contrary, ...	Ganz im Gegenteil ... (am Satzanfang)
whereas	während (dagegen)
I strongly object to ...	Ich spreche mich deutlich gegen ... aus.
One could argue that ... but ...	Man könnte argumentieren, dass ... , aber ...
Although it is true that ... it would be wrong to claim that ...	Obwohl es wahr ist, dass ..., wäre es falsch zu behaupten, dass ...

Zustimmung ausdrücken

Fortunately, ...	Glücklicherweise ... (am Satzanfang)
I entirely agree with/I share the opinion that ...	Ich stimme vollkommen mit ... überein.
I support his view.	Ich unterstütze seine Meinung.
I share her views.	Ich teile ihre Meinung.
I am of the same opinion (as) ...	Ich bin der gleichen Meinung (wie) ...
I approve of his/her opinion.	Ich bin mit seiner/ihrer Meinung einverstanden.

I take your point about ...	Ich akzeptiere Ihre Meinung über ...
I am in favour of ...	Ich bin für ...
He rightly mentions that ...	Zu Recht betont er, dass ...
I won't object to ...	Ich widerspreche ... nicht.
It cannot be justified that ...	Es gibt keine Rechtfertigung für ...
Nobody would disagree with that statement.	Niemand würde dieser Behauptung widersprechen.
This statement is very convincing.	Diese Aussage ist sehr überzeugend.
I have to admit that the author ...	Ich muss zugeben, dass der Autor/die Autorin ...

Ablehnung ausdrücken

It is only partly true that ...	Es entspricht nur teilweise der Wahrheit, dass ...
I disagree completely with ...	Ich bin ganz anderer Meinung als ...
I see things differently.	Ich sehe den Sachverhalt anders.
I must/have to disagree on this matter.	Ich bin in dieser Angelegenheit anderer Meinung.
One cannot possibly accept that ...	Man kann unmöglich akzeptieren, dass ...
I must object to ...	Ich muss ... widersprechen.
I have to criticize strongly that ...	Ich muss scharf kritisieren, dass ...
I doubt whether ...	Ich bezweifle, dass ...
This statement entirely contradicts ...	Diese Behauptung widerspricht ganz und gar ...
However, ...	Jedoch ... (am Satzanfang)
It is not as simple as it seems.	Es ist nicht so einfach wie es scheint.
Unlike the author, I think ...	Abweichend vom Autor/der Autorin glaube ich ...
I cannot share the author's view on ...	Ich kann die Meinung des Autors/der Autorin über ... nicht teilen.

Einen Grund angeben

As/Since ...	Da/Weil ... (am Satzanfang)
In view of the fact that ...	Angesichts der Tatsache, dass ...
The reason for this development lies in ...	Der Grund für diese Entwicklung liegt bei ...
This causes confusion.	Das sorgt für Verwirrung.

That is why ...	Aus diesem Grund ...
Given that ...	In Anbetracht der Tatsache, dass ...
therefore	deshalb
That was caused by ...	Das wurde verursacht durch ...
For this reason ...	Aus diesem Grund ...

Eine Folge darstellen

Consequently, ... /As a consequence, ...	Folglich (am Satzanfang)
In view of this statement, ...	In Anbetracht dieser Behauptung ...
in order to	um zu
as a result of	als Folge von

Vergleiche anstellen

to be comparable	vergleichbar sein
compared to/in comparison with	im Vergleich zu
to be different from	sich unterscheiden von
distinguish between (A and B)	(A von B) unterscheiden
to be considerably better than	wesentlich besser sein als
to get more and more difficult	immer schwieriger werden
Nowadays, it is less and less common ...	Heutzutage ist es immer weniger üblich ...
superior/inferior to	überlegen/unterlegen
The former ... the latter	Der erstere ... der letztere ...
They have little in common.	Sie haben wenig gemeinsam.
They are equal in price.	Sie haben den gleichen Preis.

Beispiele anführen

For example/For instance	Zum Beispiel
Let me give you an example.	Lassen Sie mich ein Beispiel anführen.
such as	wie (zum Beispiel)
Look at ...	Sehen wir uns einmal ... an.

Conclusion

To sum up, ...	Zusammenfassend kann man sagen ...
I come to the conclusion that ...	Ich komme zu dem Schluss, dass ...
In short, ...	kurz gesagt
To put it in a nutshell ...	Um es auf einen Nenner zu bringen ...

I can support the author's view on ...	Ich kann die Ansicht des Autors/der Autorin über ... unterstützen
To summarize, ...	Um das zusammenzufassen ...
All in all, I believe that ...	Insgesamt glaube ich ...

Autorenintention

An mehreren Stellen in Ihrer Abiturklausur werden Sie Ihre eigenen Aussagen in eine Beziehung zur Autorenmeinung setzen müssen. Dafür empfiehlt es sich, eine Reihe von sprachlichen Ausdrücken bereitzuhalten, z. B.:

He/She points out/argues that ...	Er/Sie weist darauf hin/argumentiert, dass ...
He implies/claims/states that ...	Er behauptet, dass ...
He/She believes/suggests ...	Er/Sie glaubt/schlägt vor ...
He/She lays emphasis on ...	Er/Sie betont ...
His/Her idea was to ...	Er/Sie wollte ...
He/She writes with the intention of (+ gerund) ...	Er/Sie schreibt mit der Absicht ...
His/Her aim is to ...	Sein/Ihr Ziel ist es ...
His/Her attitude towards ...	Seine/Ihre Einstellung gegenüber ...
When he/she says/writes ..., he/she means that ...	Wenn er/sie sagt/schreibt ..., meint er/sie ...
According to the author, ...	Dem Autor/Der Autorin zufolge ...

Verweise und Zitate

Um Ihre Aussagen zu belegen, fügen Sie geeignete Zitate aus dem Originaltext in Ihre Antworten ein. Setzen Sie diese in englische Anführungszeichen – diese beginnen oben und enden oben. Da es sich in der Abiturklausur um einen relativ kurzen Ausgangstext handelt, genügt als Quellenangabe die Angabe der Zeilennummer in Klammern direkt hinter dem Zitat.

Beispiel zu Barack Obama, „New Hampshire Primary Speech“:
Yes we can, to justice and equality. Yes we can, to opportunity and prosperity. Yes we can heal this nation. Yes we can repair this world. Yes we can. (Z. 68–71)

Verwenden Sie nicht das ganze Zitat, können Sie die ausgelassenen Passagen mit eckigen Klammern kennzeichnen. Genauso können Sie ein Bezugswort in eckigen Klammern einfügen, wenn dies aufgrund der Satzkonstruktion notwendig ist.

Die wörtliche Übernahme von Formulierungen aus dem Ausgangstext bzw. einem anderen Text ohne entsprechende Kennzeichnung ist nicht zulässig und wird negativ bewertet.

Da mit Zitaten Aussagen belegt oder gefestigt werden, stehen sie normalerweise nach der entsprechenden Behauptung. Diese sollten Sie zunächst mit eigenen Worten paraphrasieren. Nehmen Sie dabei Ihr einsprachiges Wörterbuch zur Hilfe, um nach Synonymen zu suchen.

Textstruktur und Absätze

Formalia

Zunächst eine generelle Bemerkung: Die Leserinnen und Leser Ihrer Englischprüfung werden Ihnen grundsätzlich wohlgesonnen sein und werden Sie nach Ihrer Leistung gerecht bewerten wollen. Dazu ist es natürlich gerade in einer Fremdsprache eine wichtige Voraussetzung, dass Ihre Handschrift gut lesbar ist, die Buchstaben und die Wortgrenzen deutlich erkennbar sind. Reduzieren Sie nachträgliche Ergänzungen auf ein Minimum. Lassen sich diese nicht vermeiden, nummerieren Sie sie fortlaufend und deutlich und listen Sie den eingefügten Text entweder jeweils am Seitenende oder nach Abschluss des Textes in chronologischer Reihenfolge auf.
Rücken Sie zur besseren Lesbarkeit 2 bis 3 Zentimeter ein, wenn Sie einen neuen Absatz beginnen.

TIPP zum Punktesammeln

Achten Sie darauf, dass Sie formale Nachlässigkeiten vermeiden. Hier Punkte zu verschenken, ist unnötig.

Ausdrucksvermögen/Verfügbarkeit sprachlicher Mittel

Klarheit und Präzision

Die Formulierung der Abituraufgaben folgt klar definierten Regeln. So kommen als Arbeitsanweisungen nur bestimmte Verben in Frage, die sogenannten ***Operatoren*** (s. S. 8). Beantworten Sie die Fragestellung mithilfe der Operatoren klar und präzise. Achten Sie beim Verfassen Ihrer Antwort auf Fehlerquellen, die leicht vermieden werden können. Im Folgenden werden einige typische Fehlerquellen genannt und erläutert.

Textökonomie

- Schreiben Sie nach dem Grundsatz der Textökonomie „Jeder Satz ein Statement."
- Vermeiden Sie Wiederholungen im Wortschatz und umständliche inhaltliche „Schleifen".
- Vermeiden Sie die Formulierung von Allgemeinplätzen.
  (Beispiel: *It is well known that Europe is suffering from many problems these days.)*
- Stellen Sie sicher, dass die sprachlichen Bezüge korrekt sind: passende Personal-, Possessiv-, Demonstrativ- und Relativpronomen.
- Achten Sie auf die Verwendung der Zeiten!

Seien Sie in Alarmbereitschaft bei potenziellen ***false friends.***
Hier ist eine Liste der gängigen Fallen:

deutsch	**englisch**	***false friend***
bekommen	to get	nicht: become
die Kritik	criticism	nicht: critic – der Kritiker
die Politik	politics	nicht: policy – persönliche Strategie – außer in Begriffen wie „foreign policy" = Außenpolitik
sensibel	sensitive	nicht: sensible – vernünftig
meinen/ glauben	to think	nicht: mean – bedeuten (oder Adj. = gemein)
aktuell	current	nicht: actually – in der Tat
also	so	nicht: also – auch
brav	honest, good	nicht: brave – mutig, tapfer
Chef	boss	nicht: chef – der Küchenchef
engagiert	committed	nicht: engaged – verlobt; besetzt
eventuell	possibly	nicht: eventually – schließlich
Handy	mobile phone (AE: cellphone)	nicht: handy – handlich, praktisch
Konfession	denomination	nicht: confession – die Beichte
Konkurrenz	competition	nicht: concurrence – Übereinstimmung

konsequent	consistent	nicht: consequently – folglich
Lager	warehouse	nicht: department store – Warenhaus
mobben	to bully	nicht: mob – das gemeine Volk
Mörder	murderer	nicht: murder – der Mord
prägnant	concise	nicht: pregnant – schwanger
prinzipiell	fundamentally, basically, in/on principle	nicht: principally – hauptsächlich
Prospekt	brochure, leaflet	nicht: prospect(s) – die Zukunftsaussichten
Protokoll	minutes	nicht: protocol – die Etikette (außer bei EDV)
Publikum	audience	nicht: public – die Öffentlichkeit
rentabel	profitable	nicht: rentable – zu mieten
Rückseite	back	nicht: backside – Hinterteil
spenden	to donate	nicht: to spend – ausgeben

Wortschatz

Der in Ihren Texten verwendete Wortschatz sollte sachlich und stilistisch angemessen sein. Demonstrieren Sie, dass Sie über einen differenzierten allgemeinen Wortschatz verfügen, und variieren Sie in Ihrem Ausdruck.

Ausdrucksmöglichkeiten im Wortfeld „sagen“
to say, to tell, to relate, to describe, to let somebody know, to state, to speak, to talk, to answer, to respond, to reply, to inform, to advise, to recommend, to brief, to update somebody, to promise, to lie, to whisper, to shout, to scream, to yell, to report, to repeat, to argue, to converse, to allude to something, to articulate, to suggest, to demand, to insist, to urge, to ask, to question

Um Ihren Wortschatz zu erweitern, können Sie mithilfe von einsprachigen Wörterbüchern oder Synonymlisten auch Ersatzformulierungen für „think“, „this means that“ und viele weitere Standardformulierung sammeln und so Ihre Ausdrucksfähigkeit erweitern. Achten Sie darauf, dass die gewählte Ersatzformulierung inhaltlich passend ist. Die angeführten Beispiele stellen nur eine kleine Auswahl dar:

Formulierung	Erweiterung I	Erweiterung II
because	accordingly, for this reason, hence, otherwise, since	thus, as a result, for this purpose, therefore, subsequently, alternatively

but	instead, however, regardless, in contrast to	admittedly, though, nevertheless, still, even though, although, none the less, on the one hand – on the other hand
for example	especially, for instance, such as, similarly	in this case, in particular, including, as an illustration, using the example of ...

Die Verwendung der richtigen Präpositionen nach Verben und Adjektiven, der korrekte Gebrauch von Kollokationen sowie der Gebrauch von thematisch angemessenem und fachspezifischem Wortschatz (siehe Glossare der themenrelevanten Kapitel in diesem Buch sowie siehe das Kapitel „Methoden der Textanalyse“ (Seite 115), sollte spätestens ab jetzt in jedem Übungstext Eingang finden.

Differenzierte Satzgestaltung

Neben der Gewandtheit im Wortschatz wird natürlich auch Ihr Können im Bereich Syntax bewertet. Wechseln Sie also je nach Kontext ab zwischen Parataxe und Hypotaxe, d. h. einer Reihung von Hauptsätzen bzw. komplexen Satzgefügen mit Nebensätzen. Verbinden Sie diese entsprechend mit Konnektoren (s. Liste S. 22); erwähnen Sie Bezüge in temporaler, kausaler, konzessiver, konditionaler, resultativer Hinsicht.

Übersicht über die möglichen Konjunktionen

temporal	while, before, after, until
kausal	since, because, as, for
konzessiv	(al)though, while/whilst, whereas
konditional	if, unless
resultativ	so (that)

Integrieren Sie Partizipial-, Gerundial- und Infinitivkonstruktionen sowie Passivkonstruktionen. Wechseln Sie zusätzlich durch Inversion sowie gelegentliche Verwendung von (rhetorischen) Fragen mit anderen Satzformen ab.

Eigenständigkeit (Paraphrase)

In der Abiturklausur werden Ihr Textverständnis und Ihre Ausdrucksfähigkeit bewertet. Ihr Ziel muss es deshalb sein, dem Korrektor oder der Korrektorin ein umfassendes Bild von Ihrer Ausdrucksfähigkeit im Englischen zu geben. Greifen Sie dabei häufig auf längere Textpassagen des Originaltexts zurück, kann die Eigenständigkeit der Leistung nicht ausreichend bewertet werden. Denken Sie also daran, Zitate nur zum Belegen Ihrer eigenen Thesen zu verwenden.

Sprachliche Richtigkeit (Fehlerschwerpunkte vermeiden)

Orthografie, Grammatik

Orthografie

Rechtschreibfehler passieren beim Schreiben leicht als Flüchtigkeitsfehler. Um dem entgegenzuwirken, sollten Sie sich eine funktionierende Zeitplanung aneignen, die Ihnen genug Spielraum lässt, nach Abschluss der produktiven Phase den Text noch einmal durchzulesen und eventuelle Rechtschreibkorrekturen vorzunehmen. Achten Sie dabei besonders auf Interferenzen mit dem Deutschen.

Grammatik

Wie bereits zu Eingang des Kapitels erwähnt, kann in diesem Rahmen keine umfassende Grammatikwiederholung stattfinden. Gehen Sie also Ihre individuellen Problempunkte selbst an.
Trotzdem können an dieser Stelle einige gängige Fehlerquellen genannt werden, auf die Sie ein besonderes Augenmerk legen sollten:

Verben
Sehen Sie sich vor der Prüfung noch einmal die Liste der unregelmäßigen Verben an und prägen Sie sich die Formen ein, die keinem gängigen Schema folgen, z. B. *lie, lay, catch.*

Denken Sie darüber hinaus auch an *phrasal verbs,* deren Bedeutung zum Teil nicht aus den Bedeutungen der Einzelwörter erschließbar ist, z. B. *turn down* (etwas ablehnen).

Adverbien
position of adverbs in the sentence: Adverbien können im englischen Satz an verschiedenen Stellen stehen, die oft nicht mit dem Deutschen übereinstimmen. Sie können folgende Positionen einnehmen: Satzanfang; vor dem Verb, das sie näher bestimmen (bei zusammengesetzten Verbformen nach dem Hilfsverb); Satzende.

Beispiele:
Unfortunately, the turnout for the country's first free election was very low.
They had counted the votes carefully.
Nevertheless, the bad news weighed heavily on them.
I often wonder what became of him.
My sister also came.
We must also consider the opposite case.

Basiswissen

Great Britain

Great Britain: Tradition and Change

Great Britain comprises England, Scotland and Wales, three countries in which traditions still play an important role. The head of state and head of the Church of England (the established state religion) is the monarch. Two of Europe's oldest universities, Oxford and Cambridge can be found here. London, one of Europe's biggest cities, is also one of the world's most important financial centres. The mixture of tradition and modernity makes Britain what it is today.
Since 1952 Queen Elizabeth II has been head of the United Kingdom of Great Britain and Northern Ireland, also known as the UK. Politically, the UK is a constitutional monarchy governed by a parliamentary system. The British parliament is the legislative power of the UK and makes the laws. The government, which administers the laws, is the executive power and the judiciary power is the Supreme Court, which with all the other courts of law makes sure that the laws are applied correctly.

The role of the monarch

- The British monarchy is a ceremonial position: the monarch holds no political power.
- The monarch represents the country on a national and an international level.
- The monarch officially opens parliament each year after the summer recess.
- The monarch signs all bills before they become law. If the signature was refused, passing of a law could be prevented, but this is very unlikely to happen.
- The Prime Minister is officially appointed by the monarch after a general election.
- The monarch holds weekly meetings with the Prime Minister to discuss current issues.

The role of parliament

Parliament consists of the House of Lords and the House of Commons:

House of Commons	House of Lords
Elected Members of Parliament (MPs) meet to discuss policy, current issues and make laws.	Members are not elected. They consist of the "Lords spiritual" of the Church of England, some aristocrats whose seat is hereditary, and a majority of life peers appointed by the monarch (non-hereditary seats).

The Lords have only limited powers, e.g. they can suggest amendments to legislation or can delay the passing of a new law for twelve months.

Monarchy and modern democracy

Despite being a monarchy, the United Kingdom has a long history of parliamentary structures (first attempts to assert popular power date back to the Magna Carta of 1215 and the Bill of Rights of 1689). Britain has no written constitution, and its legislature is based on laws passed by parliament. Parliamentary sovereignty is the leading norm and the monarch no longer plays an active role in legislative processes. Parliament constitutionally consists of the Crown (the monarch formally heads Parliament), the House of Lords (the aristocracy) and the House of Commons. Parliament, however, is controlled by the Prime Minister and his/her cabinet. The Prime Minister and his/her government have gained the executive powers of the monarch and act in her name.

Devolution

Much of the country's legislative power has undergone **devolution** from the UK parliament to the **Scottish Parliament** and to **national assemblies in Wales and Northern Ireland**. **England** did not get its own parliament under devolution. It is still governed by the **national parliament**. In the 2014 referendum on full independence held in Scotland there was a narrow majority for the country to remain in the UK.

Republicanism vs. Monarchy

In the UK, **republicanism** is a movement which works for the **abolition of the monarchy** and its replacement by a president, either elected by the people or by parliament. Opinion surveys show that the monarchy still has the support of the majority.

Arguments for the monarchy	Arguments against the monarchy
– A hereditary head of state can be a safeguard against Britain becoming a dictatorship, and can act as a political intermediary. – The monarch provides a focus for national unity and British values. – The monarch is a remnant of the British Empire and provides close links to the Commonwealth. – The monarch is clearly separated from the head of government, whereas the head of other countries is dependent on the government's goodwill. – A monarch is subject to the democratic control of parliament but remains in power for a long time, ideally granting stability and experience to the state. – The monarchy attracts huge numbers of visitors to the UK.	– A hereditary monarchy is inappropriate in a modern classless democracy. – The monarchy makes the UK seem backward and out of touch with modern life. – In a democracy the people are sovereign; they are the source of all political power. – An elected head of state is accountable to an elected parliament whereas the royal prerogative can be misused to bypass parliament. – The monarchy makes constitutional reform extremely difficult and divisive. – The British monarchy is religiously discriminating. – A monarch is much more expensive than an elected head of state (costs the UK over £100 million a year).

Britishness

form national identity

- Parliament → form national identity
- Monarchy → form national identity
- power relations & institutions → Parliament, Monarchy

"Britishness"
inclusive term/blanket term/dynamic term

distinguishes people
explains culture
habits/behaviour/symbols

so that a common, familiar or iconic quality is obvious

"Britishness" → power relations & institutions

Parliament → parliamentary democracy

- parties
- first past the post
- separation of powers
  - legislative
    monarch/both Houses
  - executive
    monarch/PM/cabinet
  - judiciary

Monarchy → constitutional monarchy

- Monarch as head of state
- uncodified constitution
  - acts of Parliament
    court judgements/
    conventions/
    ancient document

"Britishness" → Questions of nationhood and belonging

- Devolution
  Scottish Parliament
  Welsh Assembly
  Northern Ireland Assembly
- International relations
  British Empire
  Commonwealth
  EU/Brexit
- Multicultural society
  Commonwealth immigration
  EU immigration
  refugees/asylum seekers
- social class
  republicanism
  House of Lords
  educational system
  (public vs. state schools)
- religious pluralism
  with underlying hegemony of
  Church of England/puritan/
  conservative mindset
  throughout social classes

Britain and the EU

On January 31, 2020 the United Kingdom stopped being a member of the European Union. It had long been torn between its alliances and did not join the European Community until 1973. Scepticism towards Europe still prevails in certain political and public circles, and the loss of Britain's former grandeur as a colonial Empire continues to influence British politics in Europe. This led to the referendum about a "Brexit" in 2016. 51.9% voted "Leave" (the EU), 48.1% voted "Remain" (in the EU). Both sides agreed to a phase of negotiations until 31 December 2020, in order to finalize the terms of a new trade deal. It was a difficult and complex negotiation, but finally a deal was agreed a week before this deadline. The deal defines new rules for how the UK and EU will live, work and trade together.

Trade	– before Brexit companies could trade goods across EU borders without paying taxes or limits to quantity and diversity – UK and EU had to agree on some shared rules and standards regarding workers' rights and on – rules and standards for many social and environmental issues – UK can design its own trade policy and negotiate deals with other countries – apparently UK has performed worse than comparable EU economies under the impact of COVID-19 pandemic
Life and work	– UK citizens no longer have the right to live and work in the EU – UK citizens need a visa if they want to stay in the EU for more than 90 days in a 180-day period – Northern Ireland decided to follow many EU rules in order to avoid conflict at its border with the Republic of Ireland
International relations	– UK has established a strong connection with US foreign policies (partly results from alliance with the US during World War II and the formation of NATO) – Britain regards the UN as an important framework for promoting foreign policy – Britain is a permanent member of the UN Security Council

The debate about leaving the EU or staying went on for years in the UK. Britain is still coming to terms with the results of Brexit, and the arguments for or against membership in the EU are still debated.

Arguments against the EU	Arguments for the EU
– loss of national identity and sovereignty – an imbalance between the cost and what has to be put into the EU and the share coming back – interference from Brussels through EU laws, which influenced the way Britain is run – immigrant question: EU citizens have the right to live in other EU countries, so Britain had to support an increasing number of immigrants	– economic reliance on the EU – free trading conditions within the EU – EU subsidies from which Britain profited – freedom for British citizens to work and live in other EU countries

From Empire to Commonwealth

Beginning in the reign of Queen Elizabeth I (late 16th century), the British Empire lasted until the mid-20th century. At its height (early 1900s) it was the largest and most powerful empire in human history. Known as "the empire on which the sun never sets" – for there would always be daylight in some part of it – it comprised over 20% of the world's land area and about 458 million people. And by the later 19th century it controlled some two-thirds of world trade.

TIPP zum Punktesammeln

See www.heritage-history.com, British Empire – Colonial Africa, to find detailed and useful information.

Post-colonialism and migration

The vast and powerful British Empire started to crumble during the 20th century for various reasons. The break-up of the Empire was a slow but unstoppable process.

Main reasons for the Empire's break-up:
- demand for the right to self-government (Australia, New Zealand, Canada)
- Great Rebellion or Indian Mutiny[1] (1857), also known as India's First War of Independence
- passive resistance under Gandhi, starting 1920
- demand for independence and growing sense of nationalism in some states
- conscription of citizens of British colonies or dependencies to fight for Britain during WW (World War) I (and to lesser extent WW II), and rejection of such measures by colonies
- in the early 20th century, independence (in the form of dominion status) was given to some predominantly European-settled colonies, e. g. Canada, Australia, New Zealand, Union of South Africa

[1] The "Great Rebellion" in India started as a mutiny of Sepoys, the Hindu or Muslim soldiers recruited into the East India Company's army (approx. 200,000 Sepoys v 50,000 British soldiers), but soon escalated into other civilian uprisings, thus causing a major threat to British rule.

Independence, however, brought new challenges in its wake. After decades of being treated as inferior, many people in the (former) colonies now felt utterly displaced and rootless. With the British rulers gone, they had to tackle the problem of finding their own identity as a nation and of recreating their own values and traditions, having partly assimilated the British set of values.

After World War II Britain welcomed immigrants from its former colonies, as workers were needed in many industries and services (e.g. London Transport), but gradually (partly due to the economic crisis in the 1970s) attitudes toward immigration changed.

The British Commonwealth

Today the Commonwealth of Nations is a group of 54 (April 2022) countries including Britain (Canada, Australia and India are among the largest members), which interact on an informal level. All the countries (except Mozambique and Rwanda) used to be part of the British Empire. The Commonwealth was founded in 1926. After the post-WW II break-up of the Empire it served as a way to maintain ties with former colonies or dependencies. English remains the common language within the Commonwealth, which continues to run many institutes, societies and professional as well as university exchange programmes.

Some important principles of the Commonwealth are:

- Singapore Declaration 1971: commitment to peace, equality, fight against racism, economic and social development
- Harare Declaration 1991: adding emphasis on democracy, human rights and social justice
- If these commitments are violated, punishment, economic sanctions or even expulsion (of South Africa under apartheid 1961–1994) or suspension (e.g. of Zimbabwe 2002, leading to its leaving the Commonwealth altogether in 2003) are to be expected.
- Membership is voluntary.

Modern British multicultural society

Keyword:
Imperial Act (1914): Inhabitants of the colonies were given British citizenship.

- Between the 1960s and 1980s many Indians, Pakistanis and Bangladeshis immigrated to Britain. They now form the largest immigrant communities.
- Many of them settled in the Midlands or in towns in Lancashire, Yorkshire and Strathclyde, where they worked in the textile industry.

Britain today

- **Ethnic diversity** enriches Britain, not only when it comes to music, fashion and food.

- Many embrace the opportunities and advantages of ethnic diversity (such as the former Foreign Secretary Robin Cook, who said that Chicken Tikka Masala " ... is now a true British national dish..."[2]).
- Others fear that "Britishness" will eventually be lost; they interpret multiculturalism as meaning that various cultures coexist peacefully but without having a common basis of shared values.
- **Second-generation immigrants,** i.e. children born to parents who immigrated to Britain prior to (or shortly after) their children's birth, face a variety of challenges:
  - They often experience a clash of cultures. Outside their parents' home they adopt a western lifestyle similar to that of their white friends and classmates. At home, however, they live according to values, beliefs and traditions typical of their parents' home countries, which many of these children and teenagers have never visited. Quite often they do not speak their parents' language any more, either. For some, the transition between these two different lifestyles is not easy.
  - They have difficulties when it comes to living up to the expectations of their parents, friends, teachers, etc.
  - They often have to face discrimination.

Glossary – Great Britain

administration	Verwaltung (im AE auch: Regierung)
Act (of Parliament)	(verabschiedetes) Gesetz
adapt to sth.	sich an etw. anpassen
arranged marriage	eine arrangierte Ehe
asylum seekers	Asylsuchende
be oppressed by someone	von jemandem unterdrückt werden
bill	Gesetzesvorlage
blend in	sich einfügen, integrieren
chamber	Kammer (z. B. House of Commons)
checks and balances	Gewaltenteilung (in der Politik)
citizenship	Nationalität, Staatsangehörigkeit
clash between/of two cultures	das Aufeinanderprallen zweier Kulturen
colonialism; colonizer; colonized	Kolonialismus; der Besiedler; kolonisiert
constituency	Wahlkreis
constituent	Wähler
discriminate against someone	jemanden benachteiligen/diskriminieren
domestic/foreign policy	Innen-/Außenpolitik
election	Wahl

[2] Robin Cook's *Chicken Tikka Masala Speech, The Guardian,* April 19, 2001, http://www.guardian.co.uk/world/2001/apr/19/all

electorate	Wählerschaft
empire	das Imperium
ethnic minorities	ethnische Minderheiten
ethnicity	Ethnizität, Volkszugehörigkeit
excluded (from)	(von) etw. ausgeschlossen
Foreign/Home Secretary	Außen-, Innenminister/in
hold racist attitudes	eine rassistische Haltung/Einstellung haben
hostile	feindlich, feindselig, ablehnend
imperialism; imperialistic	Imperialismus; imperialistisch
in office	im Amt
indefinite residence right	unbeschränkte Aufenthaltserlaubnis
indigenous	Einheimische/r eines Landes
loss of identity	Identitätsverlust
mutual understanding and respect	gegenseitiges/beidseitiges Verständnis und Respekt
MP (Member of Parliament)	Abgeordnete/r
open-minded vs. narrow-minded	aufgeschlossen vs. engstirnig
outsider	Außenseiter
pluralistic society	eine pluralistische Gesellschaft
racial equality	Gleichwertigkeit verschiedener Rassen
receive/be granted citizenship	die Staatsbürgerschaft erhalten
representative	hier: Volksvertreter
the Speaker	Vorsitzende/r des Unterhauses
(hereditary, life) peer	(erbliches, lebenslanges) Mitglied des Oberhauses
to hold office; to take office	amtieren; ein Amt antreten
to stand down	zurücktreten
universal suffrage	allgemeines Wahlrecht

Globalization

What is Globalization?

Keyword:
Globalisation (BE), Globalization (AE/BE)
Globalization: a worldwide movement, involving the integration of financial, economic and communications systems; often seen as an unstoppable process, affecting people all around the globe, no matter whether they live in industrialized or developing countries, in big cities or rural villages. Transfer of goods, capital and services, as well as communications, made easier, but not everyone profits from the development; smaller economies may suffer.
The world is said to be getting smaller, i. e. it has become a "global village". The term was coined by Marshall McLuhan, a Canadian philosopher and media specialist.

Globalization in the past

Sometimes it is easy to forget that globalization is not a modern phenomenon but that throughout the ages people have been exploring new regions, trading with each other and bringing their culture to other parts of the world, for example:

- The ancient Greek and Romans spread their culture throughout the areas they conquered, which covered large parts of the known world. Trade was an important pillar of their society.
- The Silk Road (and later the Venetian Republic) are ancient examples of the beginnings of globalization. Their trade routes connected Europe to East Africa, Persia, India and China.
- There was a time when Islamic civilization spread throughout North Africa, the Arabian States, northern India and Central Asia right up to western China. This era (approx. 750 AD to 1275 AD) is known as the Islamic Golden Age. During that time art, philosophy, science, architecture and technology of different kinds spread throughout these areas.
- With the beginning of European exploration of the wider world in the late 15th century, many thousands of miles were travelled to establish new trade routes. Different kinds of food (e. g. potatoes from South America), plants (e. g. tobacco from America) and animals (e. g. grey squirrel from North America) were taken back and forth on these voyages and thus introduced far from their home countries.
- The downsides of this old world globalization were for example the diseases which spread and against which native populations had no immunity. One of the worst downsides was the slave trade.
- One could perhaps say that modern globalization started with the Industrial Revolution, which began in Britain during the late 18th century and made mass production of goods possible.

Globalization today

Everyone can experience the results of globalization, e.g. when
- travelling,
- keeping in touch with friends or business partners in distant countries with the help of new means of communication,
- buying goods which come from far away.

Globalization is not always regarded as a positive process:
- Some people fear that individual cultures will finally blend into a single global culture, thereby losing all their characteristic features.
- Thousands of people in developing countries still suffer from malnutrition or die of curable diseases.
- Others work under cruel working conditions, producing goods which will be shipped to and sold in industrialized countries at a low price.
- The financial crisis, starting in the USA in 2008, shows that a crisis which starts in one country will ultimately affect other countries as well, as businesses are linked and global trade is the rule.
- Due to increased mobility, diseases like H1N1 ("Swine Flu") or the Corona virus COVID-19 can easily spread all around the globe, developing into a pandemic.
- Globalized trade and travel have been responsible for the spread of the disease. The close-knit world economy and its impact on travel and urbanization play an essential part when it comes to the transmission of COVID-19. Because of the Corona pandemic the world faces an unprecedented burden on the global economy, healthcare, and globalization processes: cancellation of travel and events, loss of millions of jobs, problems in our food chain, challenges in education and academia, and major problems for healthcare systems.
- Terrorism has become an ongoing global threat which has led to a growing feeling of insecurity in many societies. In some countries (e.g. Israel) terrorist attacks have been a virtually permanent feature of life, going back six or seven decades. In most Western, as well as Middle Eastern countries, what we know as Islamist terrorism (Al Qaeda, the "Islamic State") began with the "9/11" attacks on the World Trade Center in New York and the Pentagon in Washington on September 11, 2001. This lead to military reactions from the USA and its allies. Since then, the world has seen a large number of terrorist attacks connected with Islamist ideology (e.g. in France, England, Nigeria, Berlin in Germany) or with the ideology of white supremacy (e.g. in Christchurch in New Zealand or Utøya in Norway).

Aspects of Globalization

Progress

- The development of planes, fast ships and trains made fast transportation of goods from one country to another possible.
- New means of communication, especially the Internet, make the collaboration between business partners easier.

- Multinational companies have branches all over the world, and cost-effectiveness is a decisive factor when new production sites are set up.

Global conflicts

- Due to the extensive economic co-dependencies of globalization, conflicts have a greater impact on individual economies, e.g. the Ukraine-Russian war.
- It has become clear how important not only reshoring manufacturing is, but also the set-up of renewable energies within a country as the only possible solution to being self-sufficient in questions of energy. The debate on which countries are acceptable as providers of energies like gas and oil is ongoing. Among the aspects debated at present are the security of supplies and the question of human rights in the supplying countries (e.g. Russia, Qatar, Saudi Arabia).
- Most wars at present are restricted to a particular country or to neighbouring countries. However, there are wars which can be considered proxy conflicts, i.e. conflicts in one country where other powers fight for dominance (e.g. the civil war in Yemen supported by Iran and Saudi Arabia). The war Russia started on the Ukraine shows how precarious the situation even for large areas like Europe is.

Economic challenges

As today's customers wish to buy products at the best cost/performance ratio, the global market has become very **competitive,** with the following (and related) consequences:
- While global players consider efficiency, speed, flexibility and profits as most important, employees are increasingly unable to defend their rights.
- More and more jobs are being outsourced or off-shored to cut down production costs, thereby severely damaging local labour markets.
- When jobs are outsourced to low-wage countries, the workers often work in so-called **"sweatshops"** for long hours at a stretch, earning only minimum wages and under working conditions that are often inhumane.
- Critics accuse multinational companies of exploiting the poor and indirectly supporting child labour by only having their own profit in mind.
- Workers often assemble products which they will never be able to afford or do not know how to use, e.g. computers.
- People in developing countries often live under poor conditions, without a decent education or access to new means of communication. Therefore they can't reap the benefits of globalization.
- Advocates of sweatshops claim that these factories provide work for the poor, enabling them to provide for their families.
- They also say that critics of sweatshops argue from a western point of view without considering the actual situation of people in developing countries.
- In order to reduce the number of sweatshops, fair trade is becoming increasingly important. Its aim is to ensure that workers and small-scale producers in poor countries are paid a fair price for their work and products.
- Despite these attempts, a growing number of experts and laypeople alike fear that the gap between the rich and the poor is widening.

- The close links and collaboration between companies all across the globe is both a blessing and a curse.
- The financial crisis which started in the USA in 2008 shows that a national crisis can quickly develop into a global one, affecting the economies of numerous countries.
- Due to the impact of the Corona pandemic the world faces the deepest economic recession in nearly a century, posing massive threats to health, creating turmoil in economic activity, and destroying well-being and jobs. Governments and companies around the world have suggested and enforced extraordinary measures in order to make recovery possible, while being fully aware that these will shape the economic and social future for at least the coming decade.
- The refugee crisis in Europe can partly be seen as connected with globalization: people from all over the world want to participate in growing economic wealth. Many people from poor countries want to find a better future and leave their homes – just like people have always done over the centuries (e.g. emigration to America in the last two centuries). At the same time, civil and other wars force people to emigrate. As more and more countries close their borders, problems in many regions are growing. Among these problems are huge refugee camps, and people drowning and starving during dangerous journeys.

Ecological challenges and the role of customers

Environmental pollution is growing rapidly. The following factors in particular create global problems:

- **Exhaust fumes** from factories are one important factor.
- Over the last decades the number of **vehicles** on the roads has steadily increased. Cars are no longer found only in industrialized countries.
- The number of people travelling by **plane** is also greater than ever, due to the fact that plane tickets have become affordable for a larger number of people. Short-haul **flights** have become particularly popular.
- **Food-miles:** Whereas some years ago many people bought fruit and vegetables locally and ate seasonal products, they now want to eat strawberries and cherries all year round. So more goods are air-freighted. Ecologically conscious customers ask themselves whether it is better to buy local products than food (even fair trade products) which has been flown across continents.
- Everyone leaves a **carbon footprint** (emission of greenhouse gases from factories, cars, trains, planes, etc.) either directly or indirectly.
- **Greenhouse gases** cause chemical damage to the atmosphere (e.g. ozone hole) as well as global warming (see below).

Global warming and its consequences

- As Al Gore explains in his film *An Inconvenient Truth,* greenhouse gases form a layer around the earth trapping heat and thereby causing the temperature on the ground to rise ("global warming").
- There are many consequences of climate change, e.g. floods in coastal areas, heavy rainfall in some regions and drought in others, melting of polar ice-caps.

- Biodiversity is threatened, as many plants, flowers and animals die out. Desertification (see below) is an increasingly frequent phenomenon today.

INFO

Im Deutschen bezeichnet man den „carbon footprint“ als CO_2-Bilanz.

Environmental sustainability

- Due to overgrazing[1], over-extraction (overdraft) of groundwater, unwise use of water resources, e. g. diverting rivers for industrial use or human consumption, deforestation ("slash-and-burn farming") and rising soil salinity, vast areas of land in relatively dry areas deteriorate and become useless (desertification).
- Environmental sustainability is on the agenda of many governments and has been an important topic at various summits to date.

Attempts to reduce global warming

- The **Kyoto Protocol** from 2005 aimed to reduce the emission of greenhouse gases by an annual 5.2% by the year 2012, taking 1990 levels as a basis for most countries.
- **2015: Paris UN Climate Change Conference.** A global agreement on the reduction of climate change (the Paris Agreement) has been reached and adopted by 195 countries. Among the decisions made was the resolution to limit the long-term increase of global average temperature to well below 2°C above pre-industrial levels. The agreement went into effect on 4 November 2016, as enough countries ratified it. During the Trump administration the US withdrew from the agreement. However, only hours after being sworn in, President Joe Biden announced the return of the United States to the Paris Agreement.
- The UN Climate Change Conference 2022 was postponed due to the COVID-19 Pandemic and will take place on a virtual platform.

Fridays for Future

- In August 2018, Greta Thunberg, a then 16-year-old Swedish climate change activist, started protesting outside the Swedish parliament in Stockholm in order to raise awareness of the dangers of climate change.
- According to Thunberg, politicians are not taking enough action against climate change, which is putting our planet's future at risk. Thunberg's solitary school strikes soon caught the attention of the media in countries all over the world.
- More than 1.4 million teenagers and young adults worldwide have followed her example by going on strike from school every Friday and protesting against climate change. This movement is known as "Fridays for Future". Since the beginning of COVID-19, it has been more difficult to demonstrate for climate change, but the movement has tried to find other ways of protesting.

[1] One speaks of "overgrazing" if the number of cattle on a piece of land is too high to be sustainable (in the long term).

- The speed of the reaction and the immense sums of money provided by governments during the corona crisis seem to prove Fridays for Future's point: Immediate global action is possible, but the governments all over the world do not seem to regard an effective fight against global warming as a top priority.

Conflict between economic and ecological aspects of globalization

- Companies face global competition: cost-effectiveness and profits seem more important than ecological issues.
- Some governments refrain from setting up strict laws to protect the environment, as this might drive away multinational companies that offer employment.
- As environmental pollution does not stop at borders, international cooperation is crucial – and will become even more so in future.
- The question of green energy has become central as nuclear power, gas from Russia or other autocratic countries lead to other global problems.

The UN and the EU

The UN

- October 24, 1945: A group of 51 countries founded the United Nations (UN) as a replacement/successor for the League of Nations.
- The UN headquarters in New York City, current Secretary General António Guterres
- The UN has 193 member states (2022).
- It defends human rights and fundamental freedoms.

Five of **six main organs** of the UN (General Assembly, Security Council, Economic and Social Council, Trusteeship Council and Secretariat) are located in New York City, while the International Court of Justice is in The Hague in the Netherlands.
There are **various programs** and funds affiliated to the UN. Two of the best known are UNICEF (United Nations Children's Fund) and the UNHCR (Office of the United Nations High Commissioner for Refugees). The latter deals with the needs of refugees and displaced persons in post-conflict countries, e.g. Djibouti.

Aims of the UN

- to preserve international peace and security
- to promote friendly relations between member countries
- to support international cooperation with regard to economic, social and cultural as well as humanitarian issues

- Apart from **peacekeeping** and **peacemaking** operations, **peace-building** has become more and more important.
- Here the UN and its affiliated organizations work to equip national groups with the necessary skills in conflict management, and to ensure that lasting peace can be established.

- **Humanitarian aid** is also of major importance, e.g. providing relief for people affected by either man-made or natural disasters, and helping refugees and displaced persons.

- Other main concerns of the UN are **international law and development** (e.g. sustainable development, agriculture, international trade).

The EU

- Currently 27 (after "Brexit") states belong to the European Union (EU). The newest member is Croatia.
- After the 2nd World War there was a desire for a united Europe in order to prevent extreme forms of nationalism. The European Coal and Steel Community, the European Economic Community (EEC) and the European Atomic Energy Community (Euratom) were merged into the European Community (EC) in 1967.
- The EU as we know it came into existence in 1993, when the Maastricht Treaty – which among other things initiated the Euro as common currency – was ratified. The individual member states came to be regarded as a single global player.
- At present the EU faces the challenge of maintaining its unity – and indeed remaining a union at all – in the face of the refugee crisis. The countries of the EU have very different attitudes to solving the refugee problem.
- On January 1, 2020, Great Britain left the EU ("Brexit", cf. p. 37).

Aims of the EU

- to promote prosperity and social progress with European citizenship for its peoples while still keeping their diversity alive
- to promote friendly relations between member countries
- to guarantee freedom and justice for the European peoples
- to internationally represent the member states with a single voice, tackling the various challenges of globalization, as well as respecting human rights

When it comes to defence, the individual member countries are sovereign. However, there is military cooperation in peacekeeping missions.

The three main groups which make up the EU:

- the Council of Ministers
- the European Parliament
- the European Commission

Although the EU has no official capital, the official seat of the European Commission, the Council of the European Union and the second seat of the European Parliament are located in Brussels, Belgium.

International peacekeeping

International peacekeeping is one of the aims of the UN:

- Once peace has been established in a country or region, peacekeepers are sent to the country or region in question to oversee the peace process.
- This can be done by overseeing elections, providing reconstruction aid and supervising the withdrawal of combatants.

- Very often, UN peacekeepers are soldiers, but they can also be police officers or other civilian personnel.
- The UN Security Council authorizes peacekeeping missions, which are then carried out by the international community.
- Many of these missions are organized and led by the UN itself. There is no UN army. While the troops acting as peacekeepers are under the control of the UN, they still belong to the armed forces of their country of origin. The UN itself is controlled by the Security Council and the UN Secretariat.
- This reduces the risk that one peacekeeping party only follows its own interests.
- Regional organizations (e. g. NATO) can be authorized by the UN to lead peacekeeping missions. These regional organizations can also organize peacekeeping missions of their own.
- Germany has been an active and respected member of the UN since 1973. With 387 million euros a year, Germany is the second-largest donor after the USA.
- The role of the US within the UN has a rather controversial and dynamic history, ranging from unquestionable support to massive criticism.

Migration – a global challenge

- Migration has been a worldwide phenomenon since the beginning of human history.
- People have had a number of reasons for leaving their places of origin: poverty and the dream of a better life elsewhere, climatic reasons, wars and civil wars or religious persecution, to name only the most important.[2]
- One has to distinguish between migrants and refugees:

migrants	**refugees**
– leave their countries of origin for a limited period of time or permanent usually for economic reasons – might have job offers or have heard of good opportunities – examples are emigration from Europe to the US (19th century), from Poland to the Ruhr district (19th century), migrant workers inside the EU today, people from Africa trying to find better living conditions	– usually flee their homes in order to get away from persecution or wars – examples are presently the Muslim Rohingya from Myanmar, Venezuelans to other South American or Central American countries or Syrian, Afghan and Ukrainian people to Europe – important example from the past are the Jews who had to flee from Nazi Regime

[2] Information based on (accessed 28.03.2022):
https://www.un.org/development/desa/pd/news/international-migration-2020
https://www.unhcr.org/figures-at-a-glance.html
https://www.un.org/en/fight-racism/vulnerable-groups/
https://www.refugeesinternational.org/reports-overview

- The International Migration Report of the UN from 2021 states that most migrants worldwide go to countries in Asia, followed by Europe and North America. The countries with the most migrants are the USA, followed by Saudi Arabia and Germany. These migrants for the most part seek – and find – employment in the countries of destination. They are not refugees, but quite a large number of them are illegal immigrants. According to the UN, there were 272 million migrants in 2019.
- The UNHCR (United Nations refugee agency) states in its statistical report for 2021 that the world is now witnessing the highest levels of displacement on record. 82.4 million people around the world have been forced to leave their homes. Among them are nearly 21 million refugees, around half of whom are under the age of 18. 48 million are internal refugees, i.e. they flee from one part of the country to another (Nigeria is one example). There are 4.1 million asylum seekers worldwide. However, 73 % of refugees stay in neighbouring countries: Syrian refugees mainly flee to Turkey, Jordan and other countries close by. More than half the refugees worldwide come at present from Syria, Afghanistan and South Sudan.
- In 2021 Turkey hosted the largest refugee population worldwide, with 3.7 million refugees and asylum seekers, followed by Colombia (1.7 million), Pakistan (1.4 million) and Uganda (1.4 million). Most refugees come from Syria (6.7 million), Venezuela (4 million), Afghanistan (2.7 million), South Sudan (2.2. million) and Myanmar (1.1 million).
- There are also millions of stateless people who have been denied nationality and access to basic rights such as education, healthcare, employment and freedom of movement.
- Nearly 1 percent of the world's population have fled their homes.
- Nearly 1 person is forcibly displaced every two seconds as a result of conflict or persecution.
- The fact that most refugees seek help in neighbouring, not always wealthy countries can cause major problems there: the population of these countries has to share access to education, healthcare and jobs with the refugees. Compared to rich countries like Germany, countries like Jordan or the Lebanon find it far more difficult to cope with the situation. Colombia is another example of these conflicts: it is a country which is only just beginning to overcome the effects of a civil war. Recently it has also been the destination of over 1 million refugees from Venezuela.
- On the other hand, migration always also means enrichment: the destination country will, with time, integrate the new arrivals. Their culture, beliefs and customs will become part of the country, thus leading to a more diverse culture in general.
- Many migrants and refugees want to return to their home countries if the situation allows them to. Seasonal migrants, for example, usually leave their families behind and return when their work has finished for the year. Many refugees want to return to their old home after the end of a war, others would like to stay in their new home and build a new life there.

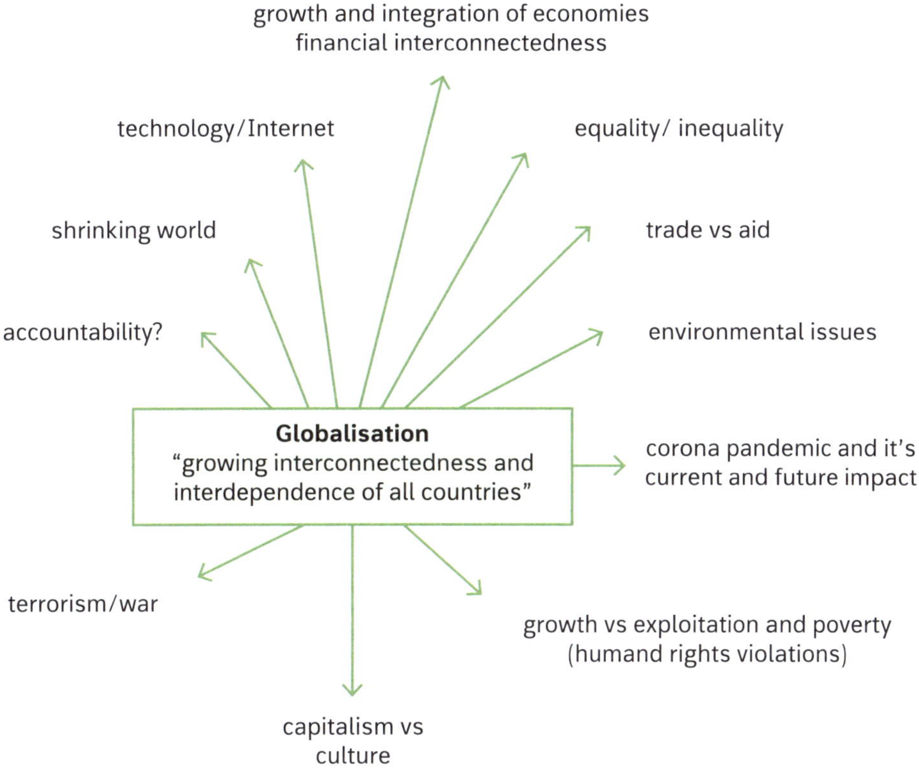

The Media in Times of Globalization

Important Keywords:

Media literacy: this term refers to the ability of a recipient to analyse and evaluate the messages he or she receives through the media. It also vital in producing one's own messages. It enables users to decide what personal data to pass on to whom.

Fake news: is seen as one of the greatest threats to democracy, free debate and the Western order. It refers to organized, systematic misinformation campaigns, often linked to governments. The rise of social media is seen as central to spreading fake news.

Conspiracy theory: is a belief that a group of people or an institution are covertly trying to harm someone or something or are responsible for events. A recent example are opponents of the COVID-19 measures, some of which have attached themselves to such theories.

Propaganda: pre-selected, often misleading or biased information, ideas or statements, half-truths or lies, which are used to promote a political point of view and help a cause, a political leader, a government by influencing people's opinions. It is a systematic effort to manipulate beliefs, attitudes or actions. Propaganda is often a key instrument in international, armed conflicts, e.g. the war in Ukraine in 2022.

The influence of the media on society

- Being **the prime source of information**, the media can influence a whole society's opinion about certain topics.
- Before the Internet, it was much more expensive to distribute information and there were simpler definitions of what constituted news and media, making regulation easier.
- With the help of more or less open forms of **censorship** public opinion can be controlled; this was most famously fictionalized by George Orwell in his novel *1984*, in which a totalitarian regime represses its people by – amongst other means – **controlling** and **manipulating** the **information** communicated through the media.
- It is still being debated whether **images of violence** presented on **TV** and in **computer games** are actually responsible for the growth in adolescent violence.
- Social media helped undo many of the boundaries that prevented fake news from spreading in democracies. Making use of Facebook, Twitter, Telegram and the like, anyone can create and disseminate information, especially those that have proven most adept at "gaming" how social networks operate.
- Disinformation is much easier to spread these days.
- In consumer societies **advertisements** determine to a high degree what is considered to be a desirable lifestyle. This can be seen as a form of **indoctrination** and **social control**.

Media and communication

- Social networking communities (e.g. Facebook, MySpace etc.) enable their users to connect with people world-wide.
- Facebook founder Mark Zuckerberg's vision is to make the world a more open space (cf. https://www.facebook.com/zuck, August 8, 2012)
- On a political level, it is said that Facebook played an important role in the "Arab Spring" (December 2010), since civil resistance was organized and coordinated with the help of the social platform.
- Social media platforms have become increasingly abused for hate posts, rumours, incitement to violence and offensive posts.
- The protection of users' Internet privacy, as well as the storing and safekeeping of personal data is a widely disputed point.
- Donald Trump was described in an article on a CNN website in 2017 as "possibly the first 'social media' and 'reality TV' president". He often posted controversial and even false statements, which caused Twitter to first add fact-check labels to comments containing misinformation about COVID-19 or the election process. Finally Twitter and Facebook banned Trump from all his platforms in January 2021.

Glossary – The Media

access	Zugang/Zugriff
censorship	(politische) Zensur
credibility	Glaubwürdigkeit

inclination	Bereitschaft
indoctrination	Indoktrination/ideologische Beeinflussung
Internet fraud	Internetbetrug
literacy	Lese- und Schreibfähigkeit
mass communication; mass media	Massenkommunikation, -medien
prime function	Hauptfunktion
public	öffentlich/Öffentlichkeit
spread	Ausbreitung
unilateral	einseitig

Glossary – Globalization

Americanization	Amerikanisierung
anti-globalist	Globalisierungsgegner/-kritiker
backwardness	Rückständigkeit
competition; competitive	Konkurrenz(kampf)/Wettbewerb, konkurrenzfähig/konkurrenzorientiert
corporate identity	Firmenimage
crop diseases	Krankheiten von Pflanzen/Saatgut
debt relief	Schuldenerlass, Entschuldung
desertification	Wüstenbildung/Vordringen der Wüste
developing countries	Entwicklungsländer
development aid	Entwicklungshilfe
driving forces of globalization	die Antriebskräfte der Globalisierung
drought	Dürren, Dürreperioden
earth's atmosphere	die Erdatmosphäre
economic growth/prosperity	Wirtschaftswachstum/Wohlstand
emerging markets	Schwellenländer
environmental commitment	Umwelteinsatz
environmental damage	Umweltzerstörung
environmentally friendly	umweltfreundlich
expansion of capitalism	Ausbreitung des Kapitalismus
fair trade	fairer Handel
floods	Hochwasser, Überschwemmungen
global interconnection	globale Querverbindungen
global marketplace	globaler Marktplatz
global player/global super power	Weltfirma/globale Supermacht
global warming	Erderwärmung

greenhouse gases	Treibhausgase
human rights	Menschenrechte
human-generated carbon dioxide	durch Menschen produziertes Kohlen-stoffdioxid
increase profit margins	die Gewinnspanne erhöhen
Industrial Age	das Industriezeitalter
industrial nations	Industrieländer/-nationen
interdependence of economy and ecology	gegenseitige Abhängigkeit/Verflechtung von Ökonomie und Ökologie
international stock markets	internationale Börsenmärkte
investment climate	Investitionsbedingungen
labour laws, labour market	Arbeitsgesetze, Arbeitsmarkt
low-wage countries	Niedriglohnländer
mass tourism	Massentourismus
melting of glaciers	das Schmelzen von Gletschern
micro-credits	Kleinstkredite
NGO (non-governmental organization)	Nichtregierungsorganisation
outsourcing	Produktionsverlagerung
political turmoil	politischer Aufruhr, politische Turbulenzen
pollution	Verschmutzung
population overshoot, overpopulation, excess of population	Überbevölkerung
poverty	Armut
reduce greenhouse gas emissions	den Ausstoß von Treibhausgasen redu-zieren
reduce the cost of production	die Produktionskosten senken
rise in global temperature	weltweiter Temperaturanstieg
robotized production	computergesteuerte Produktion
short-haul flights	Kurzstreckenflüge
surface transport	Bodentransport
surpremacy	Vormachtsstellung, Überlegenheit
sustainability	Nachhaltigkeit, Zukunftsfähigkeit
sweatshop	ausbeuterischer Betrieb
trade	Handel
trademark policy	Markenpolitik
undernutrition, malnutrition	Unterernährung, Mangelernährung
unemployment	Arbeitslosigkeit
working conditions	Arbeitsbedingungen

Science and Ethics

Current Scientific Issues

The dawn of science in the modern sense of drawing factual conclusions from empirical, experimental or statistical data can be dated back to ancient Greece, when scholars aimed to explain the world on the basis of observation and elaboration. During the Renaissance, science experienced a rebirth, and in the wake of the Industrial Revolution it evolved to become what it is today: the basis of our modern way of life.

Challenges and chances

Scientific research aims to explore and explain the world around us and improve the means by which we cope with it. Technology, in turn, is the practical outcome of this research, resulting in the tools and machines we use to make our lives (seemingly) easier. Each new technology, however, harbours risks as well as opportunities and creates new kinds of dependencies unknown before. One simple example will suffice to prove this point:

- at the end of the 19th century the first automobiles were produced; eventually they would replace horse-drawn vehicles and other means of individual transport
- in contrast to older technologies, most cars need fossil fuel
- demand for cars increased during the 20th century, production became cheaper, and today almost every household in western societies owns at least one car.

The increasing use of cars has had various consequences:

- more demand for fossil fuels: increased drilling for oil on land and at sea
- demand for larger roads: expansion of highways, parking lots etc.
- consequences: growing destruction of natural habitats and resources
- increasing mobility: the former luxury of owning a car has become a must; some jobs cannot be done without a car, one is expected to own a car; public transport systems aim to meet general mobility needs
- cars produce exhaust fumes: the amount of carbon dioxide and other climate-changing fumes released into the atmosphere has increased dramatically
- once limited to the so-called developed countries, cars are now in increasing demand in developing countries such as India and China
- this development will further increase the amount of atmospheric pollution and have an effect on the global climate.

Of course, the invention of the car has improved our lives in numerous ways by making transport and mobility easier and cheaper. The example of the car represents a simple model of how you should view technological developments: always consider their positive as well as negative potential. One such ambivalent area of current scientific research is genetic engineering.

Keyword:
Genetics: field of study dealing with the way living organisms inherit features from their ancestors. These features are called traits. Traits are e.g. a person's eye-colour or height.

Genetic engineering

Putting a new piece of DNA into a cell can produce a new trait. For example, crop plants can be given a gene from an Arctic fish, so they produce an antifreeze protein in their leaves. This may prevent frost damage. Other crops can be given genes including a natural insecticide, which will protect the plant.
People with genetic disorders can be treated by means of gene therapy. The idea is to replace a malfunctioning gene with one that functions properly.

Applications of GMOs (genetically modified organisms)

- biological and medical research
- production of pharmaceutical drugs
- experimental medicine (e.g. gene therapy)
- agriculture (e.g. golden rice)
- The **widest application** exists for crops resistant to herbicides or for producing pesticides from within.
- The largest share of GMO crops planted globally is owned by Monsanto Inc.: 1,000,000 sq km throughout the world in 2007.

Ethics

Monsanto
Monsanto Company is an American multinational chemical and agricultural biotechnology company, which was taken over by the German company Bayer a few years ago. It is the leading producer of genetically engineered seeds and of the herbicide glyphosate, known as RoundUp. Monsanto was the producer of the infamous "Agent Orange" herbicide, which was used in the Vietnam War and is now classified as a chemical weapon.
Currently 90% of the world's genetically modified organisms are Monsanto patents. Due to this fact, as well as to Monsanto's aggressive marketing and contracting policies, it is one of the world's most controversially discussed companies.

Genetically engineered food: pros and cons

Genetically engineered food, also known as genetically modified (GM) food, comes from plants or animals that have had genes from other plants or animals inserted into them. In contrast to the classical form of modifying food plant and animals through breeding, modern biotechnology alters the genetic make-up of living things and therefore produces much quicker results. There are potential advantages, such as increased agricultural production, improved nutrition and better tasting foods. On the other hand, there are concerns about possible unexpected adverse health effects, environmental damage and commercial exploitation.

Here are some pros and cons:

Pros	Cons
GE can help to meet the world's growing need for food (approx. 50 billion people will need to be fed in 2050, which means agricultural production will have to double within the next few decades). With the help of GE, crops can be altered to make them grow faster, so that they can be harvested in areas with shorter growing seasons. This again can extend the range of a food crop into new areas, or perhaps allow two harvests in areas where only one is currently practical.	**GE has no impact on world hunger.** The war on poverty and malnutrition will be lost if patent laws and intellectual property rights lead to genetically engineered food production being monopolized by a small number of private companies. The owners of the rights to produce GM foods may be reluctant to allow access to technology or genetic material, making countries in the developing world even more dependent on industrialized nations. Commercial interests may override worthy and potentially achievable goals.
GE helps to handle the consequences of climate change such as floods, drought, vermin etc. Genes that give greater stress tolerance can be inserted into crops.	**Variety, not GE, is the answer to climate change challenges.** Crop rotation is an old and sustainable solution. Challenges have to be met by using know-how to find other sustainable solutions.
GE crops are safe, because they have to be tested, registered and approved before they are sold and used. They can be controlled and confined to certain areas.	**GE crops are not safe,** since registration procedures are often not performed by independent institutions, but paid for by GE companies. There are no facts about the long-term effects genetically modified crops could have on humans and on the environment. Confinement to certain areas is not possible because fertilization by insects or wind cannot be controlled.

Our health profits from GM food. Plants and animals can be engineered to produce larger amounts of essential vitamins and minerals, such as iron. The amounts of protein, carbohydrates and saturated and unsaturated fats can be altered. Plants and animals could produce useful medicines and even vaccines, solving nutrition and health problems in some parts of the world. In order to offer a healthy diet or even prevention or treatment of diseases for all consumers, specially designed food could be produced.	**GM food might turn out to be a threat to our health.** The many chemical compounds present in foods behave in extremely complex ways in the human body. If the food contains something not normally present in the human diet, it is hard to tell what its effects may be over time.

TIPP

Sie finden viele *pro-con*-Listen zum Thema *genetic engineering* online – wählen Sie ein oder zwei aus und schreiben Sie sich die wichtigsten Argumente heraus.

Glossary – Science and Ethics

achievement of scientists	Errungenschaft/Leistung der Wissenschaftler
artificial insemination	künstliche Befruchtung
development	Entwicklung
DNA (deoxyribonucleic acid)	DNA/DNS
double helix (DNA)	Doppelhelix, DNA
error rate	Fehlerrate
genetic disorders	genetische Funktionsstörung
genetic engineering	Gentechnik, Genmanipulation
genetic fingerprint	genetischer Fingerabdruck
genetic make-up, genetic constitution	Erbgut
genetic modification (GM)	genetische Veränderung
heredity, inheritance	Vererbung
inherit	erben
insecticide	Insektizid
in-vitro fertilisation	In-vitro-Befruchtung

laboratory	Labor
to modify modification	modifizieren, verändern Modifizierung
molecule	Molekül
to mutate mutation	mutieren Mutation
non-polluting	umweltfreundlich
organ donor	Organspender
to pass on	vererben
pesticide	Unkrautvernichtungsmittel, Pestizid
progress (no article, no plural)	Fortschritt
reproductive cloning	Klonen von Menschen
research (into)	Forschung
research facility	Forschungseinrichtung
resistance	Resistenz
stem cell	Stammzelle
technology	Technologie, Technik
test-tube baby	Retortenbaby
therapeutic cloning	therapeutisches Klonen
transgenic	transgen (genetisch verändert)

Schwerpunktthemen für das Abitur 2023

The Ambiguity of Belonging

Ambiguity

Keywords:
ambiguity: the fact of something having more than one possible meaning and therefore possibly causing confusion.
(https://dictionary.cambridge.org/de/worterbuch/englisch/ambiguity)

ambiguity competence: Can effectively cope with change; can shift gears comfortably; can decide and act without having the total picture; can comfortably handle risk and uncertainty (cf. e. g. http://www.csu.edu/humanresources/empdev/documents/DealingwithAmbiguity.pdf)

belonging: The term signifies an affinity for a place or situation.
(cf. e. g. https://en.oxforddictionaries.com/definition/belonging)

In today's world we are constantly challenged by ambiguity in our lives: situations, relationships or events that leave room for more than one possible and plausible interpretation.
- When looked at from a negative point of view ambiguity can cause doubts, uncertainty, lack of clarity and obscurity.
- When looked at from a positive point of view ambiguity can trigger creativity, inventiveness and individual initiative.

"The Elizabethan mind wanted and demanded that one word could mean 50 things. What Shakespeare offers us is not ambiguity; it's choices."[1]

Causes of ambiguity

There are a number of internal as well as external causes of ambiguity, for example:
- change, shift of perspective
- clash between need and expectation
- clash between the demand for conformity and individual freedom
- internal and external identification (labelling)

[1] Roger Rees: https://www.brainyquote.com/quotes/roger_rees_772204

Belonging

The need to belong is a very basic human need. According to Maslow's hierarchy of needs it ranks in third place, above mere physiological necessities and the need for safety. A sense of belonging is the basis of self-esteem and confidence. Here are some defining aspects of belonging:

- Belonging is the idea of being part of something where you are accepted.
- Belonging is the feeling of security and support when there is a sense of acceptance, inclusion and identity for a person trying to fit into a certain group, place etc.
- Belonging is the feeling of an individual who is accepted through the relationships and connections made with other individuals, groups and family. This depends on context.

In order to develop a sense of belonging, a person must make an active effort to regularly interact with others. Common experience and our surroundings also play an important part in this process. These factors keep changing, so the various facets of identity are constantly developing and reshaping.

A healthy sense of belonging usually results in a stable identity. It enables us to love ourselves and others, helps us to achieve our goals and to cope with painful experiences. However, if an individual, for either external or self-imposed reasons, is denied a sense of belonging, psychological, physical and social problems will most likely occur.

The Ambiguity of Belonging

Cultural belonging has historical and social as well as individual dimensions. Whether and how we belong to this or that group arises from the changing factors that shape and reshape our personal, social and cultural identity. Many aspects of that identity may be ambiguous, as the relations it entails will often be in some sort of conflict or disharmony. The following sections will help you relate to the ambiguity of belonging in different historical and cultural contexts.

TIPP

In order to understand why the ambiguity of belonging seems to be a big challenge, it is helpful to look at the history, national identity and cultural background of the US. This information will serve as a useful background for discussing the problems and challenges of present-day US multicultural society.

The USA

Within the last 230 years the USA has developed into the most powerful country in the world. The founding of a democratic nation during the early years was one of its greatest achievements and the Constitution on which the nation was founded is still seen as one of the most important political documents of world history. America today faces multiple challenges within its borders and with regard to its foreign affairs. Yet the USA still holds an almost mythical attraction for people from all over the world and it is those people who form today's vibrant and multifaceted society – facing the ambiguity of belonging in their daily lives.

Colonization and the concept of the American Dream

In the following pages we are going to take a look at some of the key concepts generally associated with the American Dream, many of which are often touched upon in political speeches.
Please note that these key concepts often overlap and are closely related.

Keyword:
The American Dream: There is no single definition of what the American Dream actually is, as it varies for each and every American.
The term was first used by James Truslow Adams, an American historian, in his book *The Epic of America,* in 1931: "[The] American Dream [is] the dream of a land in which life should be better and richer and fuller for every man with opportunity for each according to his ability or achievement."

Freedom

The first thing many immigrants saw when they came by ship to New York City during the 19th and the first half of the 20th century, was the Statue of Liberty, which is located on Liberty Island.

Roger Cohen calls immigration "reinvention" and states that the countries of immigrants excise the anguish of the motherland. They invite the incomer to the selective forgetfulness of new identity.[2]

The Statue of Liberty
- given to the USA by France in 1886, to celebrate the first 100 years of American independence from Britain (the centennial)
- a robed woman holding a lighted torch in her right and a tablet in her left hand showing the date of the Declaration of Independence (July 4, 1776)
- underneath her right foot the remains of broken shackles can be seen
- one of the most famous American icons, symbolizing enlightenment, independence, liberty and freedom

[2] Roger Cohen: https://www.nytimes.com/2013/11/29/opinion/cohen-the-quest-to-belong.html

Ellis Island
- the place where most immigrants first set foot on American soil
- an island of hopes but also an island of tears for a number of immigrants, as some of them were detained there for legal or medical reasons or even sent back to their home countries
- the gateway to a new – better – life for the majority of immigrants
- a federal immigration station from 1892 to 1954

The Puritans

The Puritans' beliefs and values had a lasting impact on New England society:
- towards the end of the 16th century some English Protestants felt that Protestantism in England was not much different from Catholicism, so they left England
- wished to remain English subjects but free to worship God the way they wanted to
- intention: to purify the Church of England, not to leave it
- September 1620: a group of 102 people left England for America, sailed on a ship called the Mayflower, arrived in America 65 days later in a bay they called Plymouth Bay.

The New Canaan

In the Bible, Canaan was the land God promised to the Israelites. God ordered Moses to lead the people from captivity in Egypt to Canaan – "a land of milk and honey".
America sees itself in this tradition. The idea of America as the "New Canaan", the land of milk and honey, is closely linked to the idea of "Manifest Destiny".
In the early 1600s, thousands of colonists, among them entire families, were sent to America. Jamestown in 1607 (English), Quebec in 1608 (French), and settlements in the region of present day New York (Dutch) were among the first colonies to be founded.

Since different nations were contesting to exploit America, its colonization can be described as a halting but global struggle among the leading European nations of the period. It is important to keep in mind that the process of colonization of the New World meant an invasion of territories that had been inhabited and controlled by Native Americans for centuries. Called Indians by the settlers, they now faced the challenge of dealing with that invasion. European diseases, as well as the superior arms of the invaders, led to the loss of their lands and rights.
Another group of people also played an important role in the colonization process. Building a colony was hard work, and right from the beginning the shortage of labour drove some colonizers – for example the Spanish – to enslave the native population. The English turned towards Africa to find a supply of labour, thus launching the era of the African-American slave trade.

Timeline of immigration I: 1607 to 1789

1607–	Beginning of colonial immigration; English settlers arrive in America
1619	Importation of African slaves begins
1700	222,500 white and 27,500 black people live in the colonies
1717–1769	36,000 British convicts are transported to America
1790	First Alien Naturalization Act enacted by newly created US government
1798	Alien and Sedition Acts enacted; US President given power to punish and deport immigrants; residency requirement for naturalization increases to 14 years.

Naturalization Act

The 1795 Act increased the period of required residence from 2 to 5 years and distinguished between "citizens" and "not natural born citizens". Only "free white person[s]" of "good moral character" could achieve naturalized citizenship. The 1798 Act increased the period of residence necessary to become a naturalized citizen from 5 to 14 years.

The ambiguity of belonging: 17th and 18th centuries

	belonged to (in the past) and identified with	**had to cope with**	**shaped a new identity due to**
First Nations	– native American religions – their tribe/ nation – their natural environment/ settlement – family and position	– the European invaders – new illnesses, alcohol – lack of food – compulsory settlement, involuntary Christianization, prohibition of their own language	– new influences such as language, ailments, weapons, drugs – a shared will to survive – armed conflict subordination, enslavement – live in reservations, alien-settlements, loss of spirituality and new substitute, loss of language and new substitute

The first settlers	– Christian-Western culture – their ethnic communities – social backgrounds – family and profession	– providing food, shelter, safety – alien environment – native inhabitants – lack of work force – Great Britain's influence on the colonies	→ – a shared Protestant work ethic based on virtues such as hard work, discipline, moderation, honesty and self-improvement – trial and error method, learning from native peoples – armed conflict, subordination, treaties – slave trade and enslavement of native peoples – Declaration of Independence, Bill of Rights
Africans	– native African religions – their tribe/nation – their natural environment/settlement – family and position	– enslavement – compulsory settlement, involuntary Christianization, prohibition of their own language	– sharing the same fate – new spiritual development: Afro-American religions – development of new traditions, rites, music, etc. – beginning of a distinct cultural body

Declaration of Independence

- written in 1776 by Thomas Jefferson
- all American citizens are created equal: "We hold these truths to be self-evident, that all men are created equal, that they are endowed by their Creator with certain unalienable rights, that among these are life, liberty and the pursuit of happiness."
- opportunity for every American (at first, women were excluded from this definition) to lead his/her life the way he/she wants to, making his/her own personal dreams come true
- stresses the rights of the individual, while at the same time taking the rights of others into consideration
- 1776: the thirteen colonies declared their independence from England, and were, therefore, at war with England
- **Declaration of Independence** questioned the rights of the British king, George III, in that it stated that everyone was created equal (quite revolutionary at the time)
- the fact that the new American government was to be radically different from that of the British king was pointed out in the preamble to the American constitution and can be understood as a clear statement in regard to belonging

American Constitution

- written in 1787
- new ideas of a democratic state stated in the **preamble** of the constitution: "We the People of the United States, in Order to form a more perfect Union[3], establish Justice, ensure domestic tranquility, provide for common defense, promote general Welfare, and secure the Blessings of Liberty to ourselves and our Posterity, do ordain and establish this Constitution for the United States of America."

Bill of Rights

- first ten amendments to the American Constitution
- written because some delegates feared that the new American government would threaten everyone's ability to achieve personal freedom and the pursuit of happiness
- First Congress of the United States originally proposed twelve amendments in 1789, ten of which were added to the constitution as a preamble
- amendments known as the Bill of Rights
- guarantee America's citizens certain unalienable rights, e.g. freedom of religion, freedom of speech and the press as well as the right to bear arms

Going West

During the 19th century white settlers moved westward, following Merriwether Lewis, whom the U.S. President Thomas Jefferson has asked to lead an expedition across western North America in 1804. The goals of this expedition through unknown territory were to map the rivers, make friends with natives, open the West to trade and look for a Northwest Passage.

Manifest Destiny/The Frontier

Manifest Destiny

The term "Manifest Destiny" was coined by the American journalist John L. O'Sullivan in 1839.

- stands for the belief that America is the one nation ordered by God to expand across the North American continent
- *The Great Nation of Futurity* by John L. O'Sullivan: "[America is] the nation of progress, of individual freedom, of universal enfranchisement." According to him, the American people were chosen "... to establish on earth the moral dignity and salvation of man – the immutable truth and beneficence of God."[4]
- America = a country that is superior to all other countries
- stresses the virtue of the American people, as they are the ones to establish moral rules and values across the globe

[3] Barack Obama took up the idea of "a more perfect union" in a speech he delivered on May 28, 2008, in which he elaborated on the issues of race and inequality in the USA.

[4] aus: "The Great Nation of Futurity," *The United States Democratic Review*, Volume 6, Issue 23, pp. 426–430.

American patriotism is deeply rooted in the concept of "Manifest Destiny".
The concept of "Manifest Destiny" is closely linked to the concept of the frontier.

Timeline of immigration II: 1800 to 1849

1808	Foreign slave trade becomes illegal; 50,000 slaves become first "illegal aliens" in the US.
1814–1850	Native Americans are exempted from naturalization and forced from their tribal land. At the same time the slave population increases dramatically.
1816	Irish immigration to the US begins; 5 million Irish immigrants will come to the US during this century. Anti-Irish sentiment takes root.
1848	Treaty of Guadalupe-Hidalgo ends the Mexican-American war; US acquires Colorado, Arizona, New Mexico, Texas, California and parts of Utah and Nevada

The "Wild West"

At first few settlers had the courage and skill to set up home on the Great Plains – the vast flat grasslands stretching from the Mississippi River to the Rocky Mountains, a landscape with few trees and little water. The weather is unpredictable, featuring cold and violent winters and very strong winds. Yet the native peoples of America had lived here for hundreds of years.
Nonetheless, after 1865 many people were adventurous or desperate enough to try. The Civil War had created severe economic problems, so people were forced to migrate to other regions in order to survive. Thousands of settlers moved westward, taking the land from the Indians – or First Nation peoples as we call them today – often by brute force. The American sense of belonging and the concept of American male identity have strong roots here.

The Frontier

- the expansion of the American nation from coast to coast, pushing the border between civilization and wilderness further and further back
- the Pacific Coast was reached in the 2nd half of the 19th century
- after this mission: new challenges – new frontiers – were needed, e.g. space exploration (in particular the moon landing in 1969), scientific and technological progress

Life, liberty and the pursuit of happiness

The American colonies gained their independence in 1776. In order to unite the country the central government needed more power and so the Constitution came into being. Later the first ten amendments were added, they are known as the Bill of Rights.

Civil War, Reconstruction and the rise of industrial America (1860–1900)

- The northern and southern states show great differences – socially, economically and politically. (North = increasingly industrial and commercial, South = largely agricultural)
- African-American slavery was the central point of political crisis. Northerners wanted to limit the spread of slavery or abolish it altogether. Southerners generally wanted to maintain and even expand the institution.
- 11 southern states decided to form an independent Confederacy of States, in which slavery would be protected.
- Northern Unionists, on the other hand, were willing to use military force to keep the South in the Union.
- The conflict resulted in a four-year civil war. Almost as many Americans were killed in the Civil War as in all the nation's other wars combined.
- The decades following the Civil War were marked by economic expansion: old industries such as railroads expanded and new industries such as petroleum refining, steel manufacturing, and electrical power emerged.
- Industrial growth produced a new class of wealthy industrialists and an affluent middle class in American society. The blue collar working class expanded as well.
- Millions of newly arrived immigrants and even larger numbers of migrants from rural areas formed the labor force that made industrialization possible.
- Technology and industrialization led to more competition and falling prices for farm products. Hard times on farms led many young people to move to the city in search of better job opportunities.

Roger Cohen says that new opportunity is the shining bright side of the immigrant story. The other side, which he calls black sun, is displacement and loss. He describes how in generations which were uprooted one often finds bipolarity and an inability to leave the past and one's old identity behind and to start a new life. He calls this anxiety "displacement anguish".[5]

Timeline of immigration III: 1850 to 1899

This information will help you understand why a great number of people chose the dangers of moving westward after 1860. It also helps understand the choices that were made and the challenges resulting from them.

1862	Homestead Act encourages westward migration (public land is offered to citizens and immigrants at $1.25 per acre or less)
1863–1869	Irish and Chinese laborers are hired to construct the first transcontinental railroad
1880s	Congress brings immigration under direct federal control

[5] Roger Cohen: https://www.nytimes.com/2013/11/29/opinion/cohen-the-quest-to-belong.html

1880s	First great wave of European immigrants to the United States, while anti-Chinese riots spread. In some areas Chinese are not allowed to own land
1886	Statue of Liberty is unveiled; the "huddled masses yearning to be free" are invited to immigrate
1887	Chinese immigration decreases dramatically

The 14th Amendment

There are four principles in the 14th Amendment.
- State and federal citizenship reaffirmed for all those, regardless of race, who were born or naturalized in the United States.
- No state was allowed to curtail the "privileges and immunities" of citizens.
- No person was allowed to be deprived of life, liberty or property without "due process of law."
- No person could be denied "equal protection of the laws".

From rags to riches

The economic power of the USA, which increased massively during the second half of the 19th century with the growth of manufacturing, was a powerful pull-factor for those living in unstable conditions and those who dared to dream of making a better life for themselves. The vision of starting with nothing and becoming a wealthy citizen, an essential part of the American Dream, was often realized in the early days, but there were other factors that fuelled economic growth as well:
- discovery of plentiful natural resources (e.g. coal, copper, iron, oil)
- gold and silver rushes (e.g. the California Gold Rush 1849–1855 or the Silver Rush beginning with the Comstock Lode in Nevada in 1858)
- invention and manufacture of new products e.g. telephone, refrigerator, sewing machine
- manufacturing procedures made more efficient by commercial use of electricity
- Henry Ford started the assembly line, which introduced mass production
- cheap labour due to the steady stream of immigrants from the beginning of the 19th century on (see page 67: Immigration)
- new class of self-made, wealthy businessmen arose (e.g. Henry Ford, Andrew Carnegie), boosting the economy by buying consumer goods
- growing infrastructure (e.g. railway systems) increased distribution efficiency.

During this phase vertical social mobility was more likely than later on. However, "from rags to riches" remained a myth for most people, even if it was a most effective dream. The power of belonging to a specific social, economic and ethnic background was reality.

The ambiguity of belonging: 19th century

	belonged to (in the new World) and identified with	had to cope with	shaped a new identity due to
Americans (white)	– Christian-Western culture – their settlements on the east coast – social backgrounds – family and profession	– providing food, shelter, safety during the westward expansion – the nation's political landscape develops – issues between Northern & Southern States including the slavery question – Civil War – reconstruction of the South – unemployment, economic crisis due to Civil War – immigration and migration	– individuals having to be brave, strong, skilled and having enormous willpower – manifest destiny – the right to vote, reforms, forming of political parties – the idea of secession, growing crisis between South and North – industrialization, new immigration acts – Homestead Act, labor unions – immigration under federal control, 14th Amendment

The early 20th century and the "roaring 20s"

- business expansion and progressive reform
- the so-called progressives strove to improve American society by making it a better and safer place in which to live
- progressives decided to make big business more responsible through regulations of various kinds (fight against corruption, improvement of working conditions in factories, improvement of living conditions in slums, conservation of resources and protection of the environment)
- they also hoped to make the world a more democratic place, a hope which led to participation in World War I in 1917 together with Great Britain and France, two other democratic nations
- postwar Americans took on an attitude of "live and let live" and turned away from an interest in foreign affairs
- the 1920s, also called the "new era", were still marked by prosperity and economic growth
- automobile manufacturing was the most successful industry and had a massive influence on American society
- reform activities declined during the "new era"

The Great Depression and World War II

- stock market crash in October 1929 abruptly ended prosperity and was followed by the Great Depression
- people's jobs, savings, homes and farms were threatened
- at Depression's peak over a quarter of the American workforce was unemployed
- Franklin Roosevelt became President and people hopefully and optimistically followed his leadership into the "New Deal" era
- worldwide effect of Great Depression in the 1930s – economic instability led to political instability
- dictatorial regimes in Germany and Japan resulted from these instabilities
- World War II broke out; America initially sought non-involvement – this attitude lasted 2 years
- Pearl Harbor was attacked by Japan in December 1941, forcing the US to become actively involved in the conflict
- due to World War II, the economy recovered and many Americans were back in work

Postwar

America's participation in World War II influenced the country in almost every aspect of life:

- millions were conscripted into the armed forces and sent across the globe
- war industries created a huge demand for labour, so millions moved to the Atlantic, Pacific and Gulf coasts, where most defence plants were located
- as a result, the United States was in better economic shape at the end of World War II than any other country in the world
- American society began to prosper once again
- public policies provided money for veterans to attend college and purchase homes and farms
- the circumstances of upward mobility and prosperity did not apply to everyone – it was mainly the white population and a selected few that enjoyed these trends
- due to this exclusion from the American Dream, African-Americans, Hispano-Americans, and American women started to become more aggressive in order to win their full freedom and civil rights as promised by the Declaration of Independence
- 1948 the Cold War began between the US and its allies and the Soviet Union and its allies – it would last for 40 years and was based on a general understanding of its necessity and on anti-Communism
- the Vietnam War in the 1960s broke this general consensus.

Consequences of "Westward Ho"

The often idealized westward movement had downsides. Among these were the treatment of the First Nation peoples and the destruction of nature and near extinction of some of its wildlife, such as the buffalo.
Land degradation led to the Dust Bowl in the 1930s, when the clearing of the grasslands for agricultural use led to massive erosion. Droughts and sandstorms exacerbated the process, and farmers often had to abandon their land. They had to find work in other regions of the country. Due to the Great Depression, unemployment was high and competition tough.
Oklahoma was one of the areas that suffered, and 15% of its inhabitants fled the state, mostly using the newly built Route 66.
A positive consequence of the Dust Bowl was the founding of the Soil Conservation Service by the government, which to this day focuses on preserving and conserving natural resources.
The Dustbowl also had a cultural impact. Writers such as John Steinbeck and Jeanette Walls refer to the events, and folksinger Woody Guthrie sang about the misery of those seeking refuge from the storms.

Push and pull factors for immigration

war	⟷	political security
poverty	⟷	greater wealth/affluence
unemployment	⟷	chance of employment
lack of security and service	⟷	more secure atmosphere and better services
high crime rate	⟷	less crime
crop failure	⟷	more fertile land and better food supply
flood and drought	⟷	lower risk from natural hazards

The American Dream today

Keywords:
Multicultural society: a society where various ethnic groups and their cultural heritage are accepted in their own right

Salad bowl: the various ethnicities living in the United States adding their own traditions, cultural values etc. to those of the American people; the various heritages do not merge into one, but stay distinct ("unity in diversity")

Melting pot: the various ethnic groups do not retain their cultural heritage but amalgamate into one new nation
The term first appeared in 1782 in an essay by Jean de Crèvecoeur entitled "Letters from an American farmer".

The term "salad bowl" is now considered to be more politically correct.
Cultural assimilation: the adjustment of **ethnic minorities** into the dominant **culture**. New customs and attitudes are acquired through contact and communication. Each group of immigrants contributes some of its own cultural traits to its new society.

- The American Dream itself has come to be seen more critically.
- A considerable number of critics regard the American Dream as an illusion, as not everyone has access to the opportunities usually associated with it.
- Examples of American nightmares are the Vietnam War, September 11, 2001 and the financial crisis starting in 2008.

Inequality and the American Dream

The question of inequality and the American Dream is not restricted to the 21st century. We have learned that in postwar America minorities started to fight against inequality in order to become part of the American Dream. In the 21st century America still faces huge challenges, one of which is the growing gap between the American Dream and the country's undeniable inequality.

The dream of economic opportunity, and thus upward mobility, is still strong. It promises that anyone who works hard and plays by the rules can have a good life. This promise has made the United States the world's strongest magnet for immigrants for a very long time.

But the American middle class has begun to suffer from the rough side of a dynamic economy, with all its inequalities and insecurities. One reason is that classic white-collar jobs such as data processing, accounting etc. can be outsourced more easily in today's globalized world, and the process of doing just that is in full swing. Education and its connection to affluence has become another influencing factor. Wealthy parents can afford good but expensive education, while children from the poorer classes are often stuck in dismal schools. The health and pension systems are two more examples where inequality is obvious.

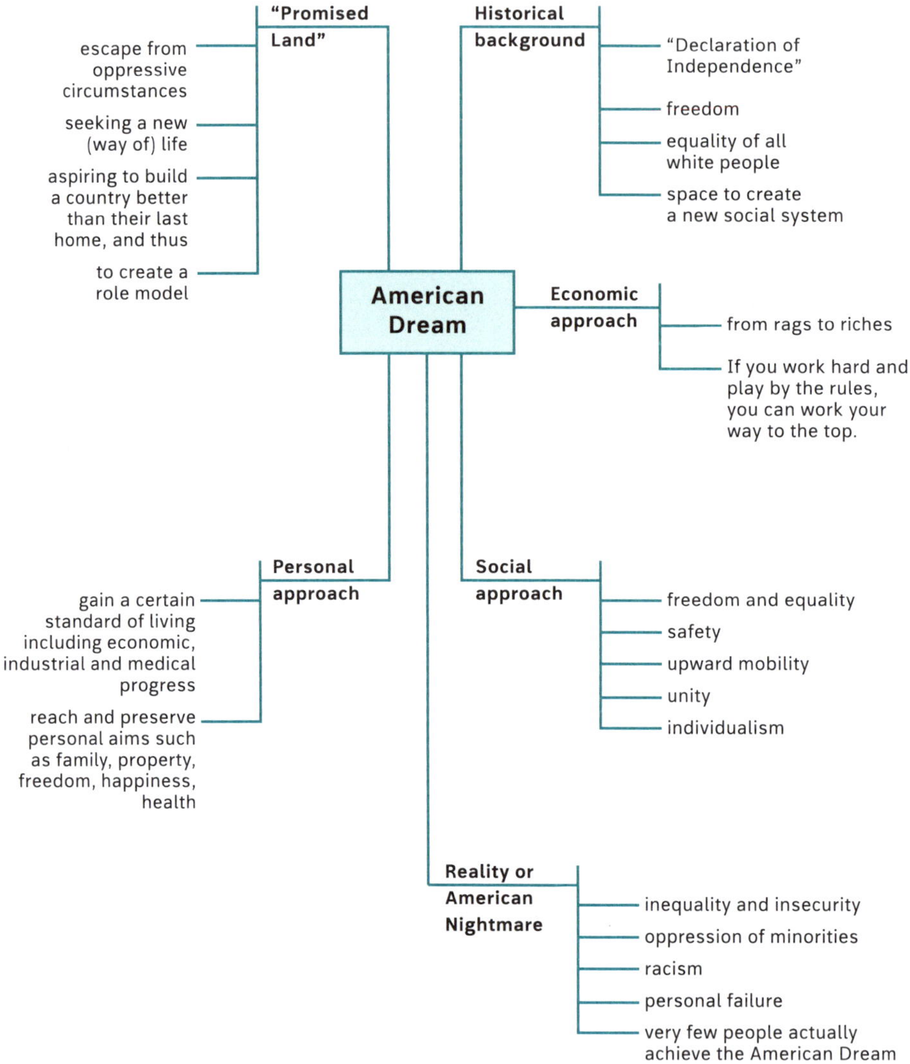

The ambiguity of belonging: 20th century

Belonged to and identified with	had to cope with	shaped a new identity due to
– majority of people living in unstable conditions	– progressive reform movement	– increasingly diverse society
– people seek to make the world a safer and more democratic place	– participation in World War I	– war and postwar experiences: postwar America no longer concerned with foreign affairs
– "new era" of prosperity	– automobile industry thrives	– new status symbols and symbols representing the American Dream: Americans fall in love with the car
– "roaring twenties" society	– stock market crash 1929 on "Black Friday", followed by Great Depression, which threatens people's existence	
– America tries to stay clear of European conflicts and World War II	– Pearl Harbor attacked	– participation in World War II; war industry leading to economic boost and recovery from the Great Depression
– realization that the American Dream does not apply to everybody	– minorities start demanding rights	– Civil Rights movement
– beginning of Cold War	– immigration under federal control, 14th Amendment	– beginning of anti-communist era

Diversity and its Consequences

Timeline of immigration IV: 1900 to 1949

1909	The play *The Melting Pot* opens on Broadway and its title becomes a metaphor for the United States
1910	Due to the Mexican Revolution, thousands of Mexicans cross the border into the US. At the same time Angel Island Immigration Station opens.

1922	US Supreme Court decides that Japanese cannot apply for citizenship
1923	US Supreme Court decides that Asian Indians cannot apply for naturalization because they are not "white".
1924	New Immigration Act reduces quotas – total European immigration limited to 150,000 per year. "Golden Door" of America shut to most nations.
1942–1944	US President Roosevelt signs Executive Order 9066 which sends tens of thousands of Japanese Americans to internment camps. Supreme Court backs the order.
1943	Due to the loss of manpower during World War II, 5 million temporary Mexican laborers are brought into the US to work on farms and railroads for a 22-year period.
1943	New Immigration Act allows Chinese to become US citizens

Parallel society and the ambiguity of belonging

America's ethnic diversity is part of its self image, and the idea of an entire nation of people with various ethnic backgrounds, beliefs, religions, values, races and languages living peacefully together and serving "their" nation is still valid today. Yet reality shows that America is moving towards a nation in which parallel societies coexist and that the ambiguity of belonging leads to suffering and isolation of individuals as well as violent clashes among and within entire communities.

A society	can be defined as a group of people sharing common perceptions, convictions and behaviour.
A parallel society	is a group within that group that does not share perceptions, convictions and behaviour, and is thus isolated from the rest of society
Causes of isolation	– economic or social crisis – lack of language skills – distancing and aggressive behavior toward minority groups – minority groups blamed for problems – racial and ethnic disparities in education, employment, health and other social services
The ambiguity of belonging	– tension between their own culture and American society – retreating deeper into isolation and holding onto, in some cases even glorifying original beliefs and values in order to preserve identity and a sense of belonging – can result in extremism – colored communities suffer from high dropout rates, economic insecurity, and lack of healthcare – no equal opportunities to achieve the American Dream

Challenges for America	– The 2020 Census shows a growth to 331 million, which is the second lowest rate of population growth that the census has ever recorded. – The median age is 38, which means Americans are getting older (there are more Americans 80 years and older than two years old or younger). – The Biden-Harris administration needs to focus on four main priorities: COVID-19 and its impact, economic recovery, racial equality, and climate change. The current war between Russia and Ukraine also demands immediate and appropriate attention. – Census forecasts that by 2050 there will no longer be any clear racial or ethnic majority, because the most rapidly growing group of residents in America today is of Hispanic or Asian descent. – increasing wealth gap between white and coloured society – fight against racial discrimination, hate crimes, voter suppression tactics, anti-immigrant sentiment – public awareness and open discussion of diversity and its challenges; acceptance of demographic shift.

Timeline of immigration V: 1950 to 2022

1954	Ellis Island closes
1976	President Ford proclaims that Japanese relocation was a national mistake
1980	2–4 million illegal immigrants (about half from Mexico) are estimated to be in the US
2001: 9/11	Terrorist attacks result in military support along the borders
2002	Enhanced border security and Visa Entry Reform Act
2004	"Minuteman" Project begins, recruiting civilians to patrol US-Mexican border
2006	Secure Fence Act allows fencing along the US-Mexican border
2007	US Department of Homeland Security estimates 11.8 million illegal immigrants in the US (59% from Mexico)
2010	Arizona Bill signed into law (restrictive immigration law, making it a state crime to be in the country illegally; legal immigrants have to carry evidence of provenance; Arizona police can question anyone who is "reasonably suspect"; critics fear this might lead to widespread racial profiling; supporters argue that it enables authorities to enact immigration laws)

Security

Social security

In 2010 former President Obama presented a new Healthcare Act, the Affordable Care Act (ACA), colloquially known as "Obamacare". This act led to massive protests and discussions and due to certain weak points of the system never really managed to live up to its promises. Former President Trump initially aimed at liquidating the entire act. In general it can be said that the US social welfare structure has been shaped both by tradition and by changing economic and social conditions.

Important facts:

- ACA (Obamacare) fees have increased up to 25%, due to structural weaknesses and thus lack of members
- there is no national health insurance system in the US, and people are not obliged to have health insurance
- Medicaid (for the poor) and Medicare (for the elderly) are the two government funded healthcare programs that cover some, but not all, costs
- unemployment is not covered by social security taxes, which are paid by most employed and self-employed people
- unemployment insurance benefits are only available to people who have earned more than a certain amount
- some programs offer rent subsidies, food stamps, or health subsidies
- people on the "Temporary Assistance for Needy Families Program" must find work within two years after joining the program and can only benefit from it for 60 months within their lifetime
- Since the Biden-Harris administration took over, 255 million Americans have been vaccinated (as of April 2022), healthcare costs lowered. Birth care has been expanded in several states and a new overdose strategy released, as well as a national strategy to treat mental and physical health issues on an equal basis.

The gun debate

According to the Gun Violence Archive there has been a steady increase in gun-related violence in the past years with a 25% jump from 2019 to 2020. However, the gun debate in Congress and state legislatures over proposals to limit American's access to firearms is one of the most controversial debates in the US, since gun ownership is an old and seemingly inseparable right of Americans.

Background information:

- pioneers needed guns in order to survive: they had to protect their families from wild animals and marauding groups. Men, women and often children were used to handling guns
- for a long time, farming and hunting were the main ways of sustaining a family, so the use of guns was a normal everyday activity, like using an axe.
- the gun became part of America's national identity, and since it was a necessity in the days of America's birth as a nation, it is not surprising that it also found a place

in the Constitution – in the 2nd Amendment the text reads: 'A well-regulated Militia, being necessary to the security of a free State, the right of the people to keep and bear Arms, shall not be infringed.'
- Three-in-ten American adults personally own a gun. Most of these gun owners say the right to own firearms is essential to their own personal sense of freedom.
- There are three types of self-defense laws in the US: Stand Your Ground: No duty to retreat from the situation before resorting to deadly force; not limited to your home, place of work, etc.; Castle Doctrine: No duty to retreat before using deadly force if you are in your home or yard (some states include a place of work and occupied vehicles); Duty to Retreat: Duty to retreat from a threatening situation if you can do so with complete safety.
- shooting at malls, cinemas, high schools still occur with a sad regularity and although campaigns like "never again" have become popular, there seems no change of direction when it comes to government action

Many states have adopted the so-called stand your ground laws. Some states have self-defense laws that are almost similar to stand your ground but with the significant difference of applying in specific locations such as one's home or place of work (are often referred to as "castle doctrine"). Most U.S. states have castle doctrine laws.

What are the arguments for and against gun control?

pro	**contra**
1) Since many crimes involve guns, restricting gun ownership would reduce the gun crime rate.	1) Criminals will always be able to obtain weapons and seldom use the legal way to do so in the first place, so gun control by law would not reduce the gun crime rate. In addition victims can at least defend and protect themselves and their family if they own a gun. Gun control would leave the victim helpless.
2) Mass shootings committed by teenagers, mentally disturbed people or zero tolerance individuals would no longer be possible.	2) Police are often simply unabel to protect all citizens from violent crimes.
3) A crime victim who has a gun might be killed instantly because the criminal feels threatened.	3) Crimes are often prevented because criminals suspect that a possible victim might possess a gun.
4) The target group of the 2nd Amendment was the Militia, i.e. the National Guard, and not civilians.	4) The 2nd Amendment protects the civilians' right to own a gun.

5) Legalized gun ownership increases the risk of guns falling into the hands of children and therefore leads to more fatal accidents.	5) Women, disabled people, pensioners and children face a higher risk of becoming a crime victim because they have no means of self-defense.
6) Suicides and crimes of passion are easier to commit with high gun availability because they are impulsive acts and reaction is instantly possible if a gun is at hand.	6) Citizens with guns are a protection against government tyranny.
7) Crimes that might have been less harmful can become fatal if a gun is involved.	7) Banning guns will lead to a better organized and much larger black market for illegal fire arms.
	8) Reasonable gun control and educational programs can replace banning guns.
	9) It is unfair to restrict the recreational and peaceful use of guns (e. g. hunting, sports etc.)

TIPP

You can find many detailed pro-and-con lists as well as interesting articles when researching the gun debate online.
You also find examples of possible exam tasks on p. 159 and p. 169.

American Society and Foreign Affairs

Human rights

In a country in which "life, liberty and the pursuit of happiness" are anchored in the constitution, the question of Human Rights is crucial. One point of controversy is the death penalty, as the USA is one of 54 (2022) countries in the world still making use of capital punishment.

INFO

Check www.deathpenaltyinfo.org or www.amnestyusa.org for more information.

Controversial human rights issues have been raised with regard to some policies introduced after the 9/11 attacks, including Guantanamo Bay Detention Camp.

Another controversial issue is racial profiling. Amnesty International USA defines racial profiling as "the targeting of individuals and groups by law enforcement officials, even partially, on the basis of race, ethnicity, national origin, or religion [...]"

Examples of racial profiling have been documented and illustrated by governmental agencies and private groups. They suggest that minorities are much more often the subject of routine traffic stops and other security-related practices. A variety of federal and state laws provide potential redress to individuals who claim that their rights are violated by race-based law enforcement practices and policies.

In 2013 an activist movement began campaigning against racial prejudice and discrimination: Black lives matter (BLM) began with the use of #Blacklivesmatter on social media after the shooting of an African American teenager Trayvon Martin. In May 2020 George Floyd, an African American, was killed by a white police officer in an act of brutal police violence. Worldwide protest followed. However, President Trump's reactions and measures divided the nation still further and fuelled escalation. Nevertheless, the protests became a catalyst for some changes. The chokehold that killed Floyd has been banned in at least 20 cities to date. BLM, as a decentralized network still holds protests against police brutality, killings of black people, racial profiling and racial inequality in the US justice system.

INFO Capitol Hill Violence

On January 6, 2021, Trump's ongoing refusal to admit defeat resulted in what is known as Capitol Hill Violence. An angry mob of supporters of President Trump stormed the United States Capitol in Washington, D.C. in an attempt to overturn his defeat in the 2020 presidential election. The building was locked down while rioters vandalized offices of lawmakers for several hours. More than 140 people were injured in the storming. Five people died shortly before, during, or after these events.

Foreign affairs

Since the end of the Cold War with the Soviet Union, the United States of America has been the world's foremost power. Because it was once a colony ruled by a foreign nation, it chose to stay out of global politics for more than a century. Its involvement in two world wars in the first half of the 20th century led to a change in its foreign policy from isolationism to interventionism:

- after World War II the American ideal of freedom and democracy turned into an outright **ideology opposing the communist system;** in 1947, President Truman formulated the so-called **Truman Doctrine,** which would define US foreign policy in the coming decades; Truman stated that it was "the policy of the United States to support free peoples who are resisting attempted subjugation by armed minorities or by outside pressures."
- the main aim of the US in the years 1947–1989 was to restrict the expansion of the Soviet Union; this period also shaped post-Cold War US policy and led it to develop a new concept of **preemptive intervention** to protect its national security (as in the wars in Afghanistan and Iraq).

- the key to American foreign policy is its image of itself as a nation offering the promise of **freedom and democracy**; a promise whose roots lay in the concept of **Manifest Destiny** (see page 66).
- The former German Chancellor and her government have always declared that the U.S. is Germany's most important partner outside the EU, despite the diplomatic and political controversies under former President Trump. Joe Biden's election as U.S. President was greeted with relief by German officials, rebuilding the American-German relations will, however, take an effort on both sides.
- President Biden has countered Russian aggression towards Ukraine with enormous diplomatic capital, but refuses to take military action and is following a non-interventionist policy. Direct confrontation between the world's major nuclear powers could be extremely dangerous.

Timeline of American foreign policy

The following table gives an overview of the most important challenges and choices of US foreign policy.

1861–1865	Civil War	secession of Confederate States (11 southern states)
1898	Spanish-American War	fight for Spain's pacific possessions (Cuba, Puerto Rico, the Philippines)
1914–1918	World War I	
1939–1945	World War II (Pearl Harbor 1941)	Japanese attack on American fleet in Hawaii, after that America joins forces
1945	Hiroshima and Nagasaki	use of atomic bombs
1947	Truman Doctrine	President Truman (1945–53) pledges support for anti-communist nations; beginning of Cold War
1950–1953	Korean War	division of Republic of Korea (South Korea) from the Democratic People's Republic of Korea (North Korea)
1961	Bay of Pigs invasion	attempted invasion of Cuba by US forces
1955–1975	Vietnam War	North & South Vietnam, USSR and USA
1991	Gulf War	reaction to invasion of Kuwait (Desert Storm)
1999	NATO bombardment of Yugoslavia	US-led NATO forces bomb Serbia to punish Milosevic for ethnic cleansing in Kosovo
2001	invasion of Iraq and Afghanistan	reaction to 9/11 when Al Qaeda operatives kill approx. 3000 people in terrorist attack on New York and Washington

2002	War on Terror	President Bush outlines foreign policy – vows unilateral consequences for any country deemed an imminent threat
2003–2011	Iraq War	
2011	killing of Bin Laden	secret operation, only became public after it was accomplished
2013	NSA scandal	leaked classified documents expose NSA telephone and electronic surveillance and data records, including heads of government
2013–2022	Syria crisis	question of involvement of US in Syrian struggle
2022	Ukraine war	question of US/NATO involvement

9/11 – The war on terror

After the end of the Cold War and the collapse of the Soviet Union, America was left as the only superpower. The timeline of its foreign policy (see page 82) shows that the US is still engaged in military action abroad, either punitively or in peacekeeping.
On September 11, 2001 four passenger jets were hijacked by terrorists. Two were crashed into the twin towers of the World Trade Centre in New York, both of which consequently caught fire and collapsed. The third plane crashed into the Pentagon and the fourth in a field in Pennsylvania. More than 3000 people died.
President Bush declared the War on Terror – a global fight against terrorism. In his address to Congress on September 20, 2001, he announced that nations providing aid or shelter to terrorism would be pursued as enemies. This attitude led to the invasion in Afghanistan in 2001 and Iraq in 2003, aiming at preventing and pre-empting attack by offensive action in order to ensure American security.

Pre-empting versus prevention

Pre-empting: In international law, it is accepted that a state has the right to take action against another state that is manifestly about to attack.

Prevention: Prevention is less accepted, because it involves attacking a state that might pose a threat in the future.

The USA Patriot Act (full title: "Uniting and Strengthening America by Providing Appropriate Tools Required to Intercept and Obstruct Terrorism Act") was passed six weeks after the attacks. Its goals are to strengthen American security and broaden the powers of law-enforcement agencies with regard to identifying and stopping terrorists.

The Patriot Act has been widely and controversially discussed:
- supporters claim that it has been helpful in a number of investigations and has led to the arrest of terrorists
- critics believe that the act gives the government too much power, threatens civil liberties and undermines democracy

Surveillance powers have been increased in four areas:
- record searches (allow government to check personal activity records)
- secret searches (expand the government's right to search private property without giving notice to the owner)
- intelligence searches (expand an exception to the 4th Amendment that refers to the collection of foreign intelligence information)
- "Trap and Trace" (expand another 4th Amendment exception for spying referring to "addressing" information about the origin and destination of communications).

Homeland security has become even more important in the 21st century, because after the 9/11 attacks, the anthrax attacks in 2001, and the Boston Marathon attack on Patriot's Day in 2013, Americans have felt less safe and no longer take their security for granted. On the other hand it has become obvious that more surveillance means less privacy and less freedom. (Source: www.whitehouse.gov)

Economy and Ecology in the USA

Capitalism

Two definitions of capitalism

An economic system in which investment in and ownership of the means of production, distribution, and exchange of wealth is made and maintained chiefly by private individuals or corporations (Webster's Concise College Dictionary 1999).

An economic system in which the means of production and distribution are privately or corporately owned and development is proportionate to the accumulation and reinvestment of profits gained in a free market (American Heritage Dictionary 2009).

Prior to the Great Depression of the 1930s the US was a capitalist economy focused on the free market and with minimal government intervention. Due to the consequences of the Depression (widespread unemployment and poverty), many believed that this capitalist economy had failed. President Roosevelt presented an economic bill of rights that granted certain basic rights to everybody (e.g. education, healthcare and housing) and as a result the government assumed economic responsibility for its citizens. Today America has a "mixed economy". This means:
- freedom of choice, competition, and private property rights are still important factors in the US economy

- government involvement has increased and now accounts for approximately one third of the nation's economy.

The current economic controversy deals with the degree of government involvement and the persistent under-performance of America's economy, which is a serious concern. Critics claim that the current economic system seems unable to offer equal opportunity and choices to every American.
(Source: www.uncg.edu, The Heritage Foundation)

Wealth inequality can be described as the unequal distribution of assets within a population. The United States exhibits wider disparities of wealth between rich and poor than any other major developed nation. The gap between America's rich and poor is widening. Possible reasons:
- technology (fewer low-skill workers, more jobs in low labor cost countries),
- current tax rates and shifting social norms (society as a whole seems to more readily accept soaring salaries than it used to)
  (Sources: 247wallst.com / salary.com / www.census.gov)

Climate change, global warming and the energy question

Although scientists have known about the greenhouse effect of gases such as CO_2 for more than 100 years the discussion whether or not human activity is the cause of global warming and climate change is still going on.
One the one hand the pro arguments, supported by the US National Academies of Science, NASA and many others, say that
- greenhouse gas levels are rising due to human activities such as burning fossil fuels and deforestation
- this causes significant climate changes, including global warming, loss of sea ice, glacier retreat, more intense heat waves, stronger hurricanes and more droughts
- climate change requires immediate international action to prevent dire consequences.

On the other hand, associations such as the Heritage Foundation and the American Association of Petroleum Geologists and many others, argue that
- human-generated greenhouse gas emissions are too small to substantially change the earth's climate
- our forests and oceans are capable of absorbing these small increases, and 20th century warming has resulted from natural processes including fluctuations in the sun's heat and ocean currents
- global climate change is based on bunk science and scare tactics.
  (Source: https://climatechange.procon.org)

Facts on US Energy

- The US is the largest energy consumer in the world. It consumes almost 90% fossil fuels to meet its demands (petroleum, natural gas, coal).
- The US is the second-largest producer of carbon-dioxide emissions resulting from the burning of fossil fuels.

- The US is the third-largest producer of oil and the second-largest producer of natural gas worldwide.
- Imported oil accounts for nearly 55% of US consumption. Over the years energy consumption patterns in the US have changed, due to the development of new energy sources and changing uses of energy.
- Renewable energy sources contribute 8.4% to America's energy mix.
- The Kyoto Protocol, a worldwide agreement to lower greenhouse gas emissions, was drawn up in 1997, and the United States was the only major country not to sign it. The US took part in the UN Climate Conference held in Paris in 2015 and an agreement came into affect in 2016 (cf. p. 46).
- Joe Biden has already outlined plans to decarbonize the US economy, as well as signing executive orders which aim to re-establish rules affecting oil, gas and coal.

Economy and Ecology in the US

- Former President Barack Obama considered global warming a worldwide threat and expressed his determination to stop climate change by introducing The "Climate Action Plan" in 2013.
- In his inaugural speech made on January 21, 2013 he expressed his determination to stop climate change. In 2013 the "Climate Action Plan" was introduced by Barack Obama. It was seen as a "national plan for tackling climate change", and included plans to cut carbon pollution in the US, actions to get the country ready for the effects of climate change, and plans for how to lead international efforts to address global warming.
- Former President Trump's "America First Energy Plan" did not mention global warming and announced the liquidation of the "Climate Action Plan" and the "Waters of the US Rule".
- In spite of his ambitious focus on climate policy, Biden's goal to halve emissions by 2030 is already out of reach. An evenly split US Senate is stalling, and progress in this area has become unlikely.

Facts abouts the US economy

- The US has the largest and most technologically powerful economy in the world.
- The US economy is one of the freest in the world in terms of individual versus government involvement.
- The US is the only country to have recorded a loss of economic freedom in each of the past seven years.
- Its economy is market oriented, and the US is the world's largest producer of goods.
- Five of the world's most successful companies are American: Apple, Google, IBM, McDonalds and Microsoft.
- US firms are at or near the forefront of technological progress, especially in computers and in medical, aerospace, and military equipment.
- The US financial market is among the world's largest and most powerful.

- Since 1975, practically all the gains in household income have gone to the top 20% of households.
- The recession starting in 2008 was due to the mortgage crisis, falling home prices, investment bank failures, tight credit and the global economic downturn.
- Through 2011, the direct cost of the wars in Iraq and Afghanistan totaled nearly $900 billion, according to US government figures.
- The US is challenged by long-term problems, including the stagnation of wages for lower-income families, insufficient investment in deteriorating infrastructure, rapidly rising medical and pension costs of an aging population, energy shortages, and deficits in current accounts and the budget.
- At present it is still unclear how the ongoing corona pandemic will affect the US economy long term. It can be said, however, that COVID-19 is already having far-ranging economic consequences, and the end is not yet in sight. Travel, financial markets, employment, shipping, and other industries have already been seriously disrupted. (Source: www.cia.gov)

"Post-truth"

In 2016 "post-truth" was chosen as the Oxford Dictionaries' Word of the Year, due to its role on the context of that year's Brexit and the US presidential election. It describes relating to or denoting circumstances in which objective facts are less influential, or rendered of "secondary" importance in shaping public opinion than appeals to emotion and personal belief. In times of post-truth, "fake news" have become a new problem (cf. p. 51).

The ambiguity of belonging: 21st century

Belonged to and identified with	**had to cope with**	**shaped a new identity due to**
– a nation that had never been attacked on its own soil	– terrorist attacks of 9/11	– homeland security, preemptive warfare (the invasion of Afghanistan and Iraq)
– a society that strongly believed in constitutional and human rights	– Patriot Act, intelligence agencies (CIA, NSA, FBI)	– surveillance issue: freedom vs. security (racial profiling, etc.) gap between white and "coloured" society
– a society that strongly believed in resilience of the individual	– facing the responsibility of the government with regard to growing deficit, gun debate, healthcare debate	– struggle for a healthy balance between Individual and governmental influence on the economy

– a society that believed in the myth of the American Dream	– inequality: American Dream still does not apply to everybody	– fight against racial discrimination, hate crimes, voter suppression tactics, anti-immigrant sentiment – Obamacare, education reforms
– a specific group within a deeply split country	– the consequences of "America first"	– election of republican D. Trump and his America First agenda (suspend immigration to Muslims, repeal Obamacare, allow Keystone XL pipeline, lift restrictions on fossil fuel production, protect America's economic interests above all else, etc.
– an American voter facing a democratic election	– the circumstances and events during and following the election of Joe Biden	– due to his or her view on democratic elections and thus his or her belief in the democratic system of the US

Glossary – the USA

an eye for an eye	Auge um Auge, Zahn um Zahn: jemandem etwas mit gleichen Mitteln heimzahlen
assimilation	Assimilation, Angleichung an Bestehendes
civil disobedience	bürgerlicher Ungehorsam
cultural heritage	Kulturerbe
Declaration of Independence	Unabhängigkeitserklärung
deterrence	Abschreckung
discrimination; deprivation	Benachteiligung, Diskriminierung
e pluribus unum	lat.: aus vielen Eines; ursprünglich bezog sich dieser Ausspruch auf die verschiedenen Staaten, aus denen die USA bestehen; heute bezieht er sich vielmehr auf die vielen ethnischen Gruppen und Volksgruppen, aus denen sich die Bevölkerung der USA zusammensetzt
enemy combatant	feindliche Kämpfer, hier mögliche Terroristen
entrepreneur	Unternehmer
equality; equal opportunities	Gleichheit, gleiche Chancen
fame	Ruhm
freedom; freedom of speech; freedom of the press; religious freedom	Freiheit; Redefreiheit; Pressefreiheit; Religionsfreiheit

frontier	Grenze (zwischen Zivilisation und Wildnis)
gold rush	Goldrausch
identity	Identität
"In God we trust"	Wir vertrauen auf Gott; offizieller Wahlspruch der USA
inauguration; inaugural speech	Amtseinführung, Amtsantrittsrede
liberation	Befreiung
melting pot vs. salad bowl	„Schmelztiegel" vs. „Salatschüssel" (unterschiedliche Konzepte, die die Vielfalt unterschiedlicher Kulturen in den USA charakterisieren)
multiculturalism	Multikulturalität
naturalization	Einbürgerung
pioneer; pioneer spirit	Pionier; Pioniergeist
refugee; refugee camp	Flüchtling; Flüchtlingslager
retribution	ausgleichende Gerechtigkeit
segregation vs. desegregation	Rassentrennung vs. Aufhebung der Rassentrennung
success	Erfolg
Civil Rights Movement	die Bürgerrechtsbewegung
Immigration Act	Einwanderungsgesetz
Promised Land; the land of milk and honey; God's own country; the New Canaan	das gelobte Land; das Land, in dem Milch und Honig fließen; Gottes eigenes Land; das neue Kanaan
the pursuit of happiness	das Streben nach Glück
to attain self-fulfilment	sich selbst verwirklichen
to be persecuted; persecution	verfolgt werden, Verfolgung
from rags to riches; from dishwasher to millionaire	vom Tellerwäscher zum Millionär
to immigrate; immigrant; immigration; an influx of immigrants	einwandern; Einwanderer; Einwanderung; Zustrom von Einwanderern
to pledge allegiance to the flag	den Fahneneid leisten
to prosper	Erfolg haben, in Wohlstand leben
to settle; settler; settlement	besiedeln; Siedler; Siedlung
unalienable/inalienable rights	unveräußerliche Rechte
unencumbered	unbelastet

Crooked Letter, Crooked Letter

Kinder der amerikanischen Südstaaten lernen den südlichen Bundesstaat Mississippi mithilfe einer Eselsbrücke zu buchstabieren: *„M-I-crooked letter-crooked letter-I-crooked letter-crooked letter-I-humpback-humpback-I“.* Der „crooked letter“ steht also für den Buchstaben „S“ und ähnlich gewunden wie der Buchstabe verläuft auch der gleichnamige Kriminalroman von Tom Franklin aus dem Jahr 2010.

Aus zwei verschiedenen Erzählperspektiven und wechselnden Erzählzeiten heraus erzählt Tom Franklin die Geschichte der beiden Protagonisten Silas und Larry. Beide wuchsen in den späten 1970ern in einer Kleinstadt in Mississippi auf und sind als erwachsene Männer in den frühen 2000ern noch immer in dem ärmlichen, von Arbeitslosigkeit und Trostlosigkeit geprägten Ort.
Der Südstaaten-Roman, der als Kriminalfall aufgegleist ist, fokussiert sich vor allem auf den Themenkomplex der Freundschaft und des Verrats vor dem Hintergrund des von Rassismus und Diskriminierung geprägten und wirtschaftlich instabilen Südens der USA.

Im Weiteren werden die Charakterisierung der Figuren nur einen kleinen Raum einnehmen, da Sie diese Kenntnisse sowohl im Unterricht erwerben als auch in den Interpretationshilfen finden können. Es werden jedoch Hintergrundwissen, Vernetzungen und Schnittstellen aufgelistet, die Ihnen helfen, die Inhalte des Romans mit „The Ambiguity of Belonging“ und den weiteren Inhalten der Schwerpunktthemen in Beziehung zu setzen. Sie finden diese Informationen zum Teil auf deutscher und englischer Sprache, um Ihnen einerseits die Möglichkeit zu geben, die Inhalte vollumfänglich zu begreifen und andererseits den spezifischen Wortschatz entsprechend zu festigen oder zu erweitern.

Hintergrundwissen

Im folgenden Kapitel wird die Geschichte des Südens der USA, vor allem aber Mississippis und die Bedeutung verschiedener Begriffe geklärt und der Bezug zu den Figuren und Begebenheiten aus *Crooked Letter, Crooked Letter* aufgezeigt.

Der amerikanische Süden und „the lost State“ Mississippi

INFO Further information

https://www.info-usa.de/mississippi/
https://www.ms.gov
https://visitmississippi.org
www.lexas.de

„The Lost State“ – so wird Mississippi von vielen Ostküstenamerikanern inoffiziell bezeichnet. Der Bundesstaat im tiefen Süden ist der ärmste aller US-Staaten. Die folgende Tabelle hilft Ihnen zu verstehen, wie es dazu kommen konnte, dass dieser Teil des Landes bis heute einer der ärmsten der USA ist und welche Konsequenzen die Zugehörigkeit zur afrikanisch-amerikanischen Bevölkerung in diesem Teil des Landes hatte und hat. Das 20. Jahrhundert wird ausführlicher beschrieben, da hier wesentliche Informationen zu finden sind, die es Ihnen ermöglichen, *Crooked Letter, Crooked Letter* sinnvoll zu interpretieren.

ca. 800 nach Chr.	– erste Gesellschaften der Choctaw-, Nachez- und Caddo-Indianer entwickeln sich im Süden der USA – diese Kulturen betreiben Ackerbau und gründen erste Ortschaften
ab 13. Jhdt.	– Niedergang dieser Kulturen beginnt
ab 17. Jhdt.	– Beginn der weißen Besiedlung (Frankreich)
18. Jhdt.	– Viehzucht, Holzindustrie, sowie Früchte, Reis, Tabak und eine bestimmte wertvolle Baumwollart werden durch die Franzosen eingeführt – das Plantagensystem und somit auch die Sklavenarbeit werden ebenfalls durch die französische Kolonialmacht eingeführt – hohe Verschuldung der Siedler für vermehrte Sklavenarbeit – durch die Tabaksubvention sehen sich viele Siedler von plötzlicher Armut bedroht – erste Umstellungen auf Baumwolle
19. Jhdt.	– die meisten Plantagen haben auf Baumwolle umgestellt – 1808 wird die Einfuhr von Sklaven verboten – 1865 unterliegen die Südstaaten im Sezessionskrieg und die Plantagenwirtschaft erlebt ihren Niedergang – wirtschaftlicher Zusammenbruch des Südens ist die Folge und führt dazu, dass der Süden bis in die Jahre nach dem II. Weltkrieg wirtschaftlich weit hinter dem amerikanischen Norden zurückbleibt – 1865: Mississippi lehnt den 13. Zusatzartikel zur Verfassung der Vereinigten Staaten (Abschaffung der Sklaverei) ab
20. Jhdt. (1. Hälfte)	– die Bevölkerung wird von Weißen maßgeblich geprägt und zum Teil noch immer nach den Idealen der alten Konföderation geformt – zahlreiche Lynchmorde an Schwarzen, ohne dass die Täter belangt werden – von 1910–1970 *The Great Migration:* viele Schwarze wandern aufgrund der schlechten Wirtschaftslage und der fehlenden rechtlichen Sicherheit in den Norden ab
1950er	– 1955: Emmett Till, ein 14jähriger schwarzer Junge, wird in Mississippi brutal gefoltert und ermordet, weil er angeblich mit einer weißen Frau geflirtet habe; die beiden weißen Täter werden freigesprochen, was zu massiven Protesten der schwarzen Bevölkerung führt – 1956: *Southern Manifesto:* ein Protestschreiben gegen Rassenintegration, dass auch von Politikern unterschrieben wird

1960er	– 1963: Medgar Evans, ein wichtiger Civil Rights-Aktivist wird vor seinem Haus erschossen, der weiße Täter wird von der Jury, bestehend aus weißen männlichen Juroren, freigesprochen – 1964: Freedom Summer: Civil Rights-Aktivisten versuchen, die Wahlregistrierungen für die schwarze Bevölkerung durchzusetzen und werden von Freiwilligen aus allen Teilen des Landes im gewaltlosen Widerstand unterstützt, auch von Weißen (siehe https://www.tagesspiegel.de/weltspiegel/sonntag/mississippi-freedom-summer-1964-der-toedliche-sommer-der-freiheit/10041438.html) – 1965: Voting Rights Act wird unterzeichnet – 1967: der oberste Gerichtshof zwingt Mississippi, die bis dahin verbotene Mischehe zuzulassen
1970er	– 1974: der schwarze Profi-Baseball-Spieler Hank Aaron bricht den legendären Home run-Rekord von Babe Ruth – 1976: Unita Blackwell wird die erste weibliche afrikanisch-amerikanische Bürgermeisterin Mississippis – 1978: der Kongress verlängert die Deadline für die Ratifizierung des *Equal Rights Amendements* um weitere 3 Jahre
1980er	– 1989: neue Beweise im Fall Medgar Evens tauchen auf und belasten den Täter von damals erneut, ranghohe Politiker werden beschuldigt, den Täter gedeckt zu haben – die Mörder von Medgar Evans und anderen Civil Rights-Aktivisten, die in den 60er ermordet wurden, werden für schuldig befunden und verurteilt
1990er	– 1995 ratifiziert Mississippi als letzter US Bundesstaat den 13. Verfassungszusatz, was allerdings aufgrund eines Formfehlers ungültig ist
21. Jhdt.	– 2005: Hurrikan Katrina verwüstet weite Teil der Südstaaten, in Mississippi sterben 238 Menschen, der materielle Schaden beläuft sich auf 75 Milliarden Dollar – 2013 tritt die Sklaverei offiziell außer Kraft (aufgrund des Formfehlers bei der Ratifizierung von 1995)

Segregation in the US

Keyword:
Segregation
Taking people or things out of a group or class and placing them somewhere (physically) apart – e.g. colour segregation on public transport and in schools in 1950s USA; ethnic cleansing in the 1990s Balkan wars; the class and ethnic segregation of "gated communities".

The history of slavery in America lasted for over 200 years. But even after slavery was officially abolished in 1865, discrimination and segregation continued.

This means that in the 1970s and 1980s, when parts of the novel *Crooked Letter, Crooked Letter* are set, the colour of skin alone could result in privileges or disadvantages, and even danger. At first sight it settled the question of belonging to a privileged or discriminated part of society, regardless of background, education or financial status. It was quite literally a "black and white" question.

The American Dream and the issue of class

The initial myth of American society being "classless" and thus clearly different from British society, which had a rigid class system, has suffered over the past few years. However, social mobility still plays a very strong part in the American Dream and is one of the pull factors when it comes to immigration.
Over the past few years more and more studies have shown that vertical mobility is not as common as most Americans would like to believe. Instead, the social gap seems to be growing wider every day, with membership of a lower class being a one-way ticket that leaves almost no escape routes. The chances of moving upward through the classes, from "rags to riches" seem no more likely today than they were some 35 years ago. The question of class is seldom openly discussed, but plays an influential role in everyday life and politics. The election of Donald Trump, who promised the lower classes "I will be your voice" proves that. For further information see: https://www.nytimes.com/2005/05/30/opinion/class-and-the-american-dream.html.

Tom Franklin creates a vivid image of the life of the lower classes in the South but also depicts the stereotypes that are often inflicted upon them.

Keyword:
White trash
Disparaging (originally slang) term for poor, uneducated white people (as opposed to poor blacks) especially (but not exclusively) in the southern states of the USA.

The latest term for the poor, "trailer trash", refers to people living in mobile homes. Both terms, "white trash" and "trailer trash" imply not only the impoverished circumstances but also a certain amount of moral failing, for example in terms of criminal behaviour, drug and alcohol abuse, neglect and unpredictability. Franklin repeatedly makes use of those stereotypes in his novel.

INFO Further reading

Nancy Isenberg: *White Trash – the 400-Year Untold History of Class in America,* published by Viking in 2016

Socioeconomic status/background

This term refers to the combined measure of a person's or family's social and economic status or position compared to others.

Categories/levels/positioning	– high (upper class) – middle (middle class) – low (lower class)
Variables on which positioning is based	– income – education – occupation – subjective perceptions of social status – subjective perceptions of social class

Background Information and *Crooked Letter, Crooked Letter*

background information	***Crooked Letter, Crooked Letter***	
belonging to an ethnic group	– Larry and his parents – Silas and his mother – Cindy, her mother and stepfather – Wallace Stringfellow	white American black African American white American white American
segregation/racial issues: ongoing intolerance of interaction between races	– friendship between Larry and Silas as boys – affair between Carl Ott and Alice Jones – affair between Silas and Cindy (his mother refers to Emmet Till, see table on page 92) – white boys urging Larry to insult a black girl and Larry being beaten for that insult	

<table>
<tr><td>change of attitude, growing acceptance of blacks in sports, entertainment, politics (see table on page 92, 1974 Hank Aaron and 1976 Unita Blackwell)</td><td colspan="2">– Silas “32” Jones used to be a star baseball player at high school
– is now Chabot’s only police officer</td></tr>
<tr><td rowspan="10">(socio)economic status/ background</td><td>– Larry, childhood</td><td>white middle class</td></tr>
<tr><td>– Larry, adulthood</td><td>white lower class</td></tr>
<tr><td>– Silas, childhood</td><td>black lower class</td></tr>
<tr><td>– Silas, adulthood</td><td>black middle class</td></tr>
<tr><td>– Cindy, childhood</td><td>white lower class</td></tr>
<tr><td>– Tina Rutherford</td><td>white upper class</td></tr>
<tr><td>– Irina Mott</td><td>white lower class</td></tr>
<tr><td>– Wallace Stringfellow</td><td>white lower class</td></tr>
<tr><td>White trash</td><td colspan="2">– Irina Mott and her neighbours (living area, appearance, language)
– Silas’ name for Irina’s neighbourhood “White Trash Avenue” and his suspicion about criminal affairs there (meth lab in an old trailer, etc.)
– Wallace Stringfellow (living area, appearance, behaviour)</td></tr>
</table>

The Personal Quest for Belonging

Das folgende Kapitel beleuchtet die Suche der Romanfiguren nach Zugehörigkeit, ihre Entscheidungen und die Konsequenzen, die sich daraus ergeben. Die Unklarheiten oder Mehrdeutigkeiten, die sich im Rahmen der „Ambiguity of Belonging“ ergeben, sind jeweils in der farbig hinterlegten Spalte aufgeführt.

The Teenagers in their Quest for Belonging

Larry	
– belongs to white middle class	– wants to belong to his age group but is not accepted by the other white boys
– male	– wants to be his father's beloved son but his father is disappointed in him (looks, physical appearance, interests) – wants to belong to his age peers but due to his lack of physical strength compared to the other boys he is not accepted
– different interests (reading horror stories, nature)	– wants to be his father's beloved son but his father calls him a "momma's boy" and "on the girly side" – he can share his interests with Silas – wants to be his father's beloved son but knows that Carl would have preferred Silas as legitimate son – wants to be Silas' friend and Silas initially enjoys their similarities but insults Silas during a fight to gain his father's respect – wants to belong to his age group but the other boys laugh at him
– wants to help Cindy and Silas	– wants to be Cindy's "knight" but lacks the courage to defend her when she is harassed by her step-father – wants to be Silas' friend but lacks the courage to stand up to his father
– tries to be accepted – (insults a black girl to impress his white peers) – brings snakes to school – wears the zombie mask (at the haunted house)	– his attempts only increase his isolation (he is ridiculed, ignored, used)
– wants to do what is right (even when he knows that Cindy only uses him he wants to help her)	– he wants to belong to a group of friends or have a relationship but due to his naivety and good-heartedness he is being used by Cindy and Silas

Larry's challenges of belonging as a boy:

- troublesome father-son relationship based on rejection and manipulation
- painful (school) experiences with peers based on ostracism and rejection, manipulation, being ridiculed

Silas	
– his identity seems clear at first	– wants to belong to a complete family but he does not know who his father is – he is from Chicago yet he feels a sense of home in Chabot
– he is a city boy	– wants to belong to a place and has mixed feeling about being in Mississippi but then it starts feeling like home
– he integrates at his new school, being the "cool kid"	– wants to belong to his age peers, yet lets Larry, although he is considered a misfit, befriend him – wants to belong to his age peers and ignores Larry after the haunted house party
– he finds out that Carl is his father	– wants to belong to his family but is now unsure about who he really is and unconsciously blames his mother
– his relationship with Cindy	– wants to be part of a relationship and is happier than ever during the first half of his junior high school year – it hurts him that Cindy refers to their relationship as "messing around" – his mother finds out and warns him off and he heeds her advice – he wants to be part of middle or even upper class society so he chooses his baseball career over Cindy – he loves Cindy and he knows about Cecil mistreating her, yet he lets her run off alone after their final fight
– he leaves Mississippi for Oxford	– wants to be part of middle or even upper class society so he chooses his baseball career over his sense of being at home in Mississippi – wants to be part of middle or even upper class society and thus chooses to ignore the consequences of not speaking the truth about Cindy's disappearance – his need to belong is stronger than his sense of justice and therefore he gladly accepts the "escape route" to the north which his mother arranges for him, even if that means leaving behind his friends, his team, his home

Silas' challenges of belonging as a boy:
- father issue: initially he does not know who his father is, then he finds out that Carl is his father, which leads to an identity crisis
- difficult mother-son relationship
- suffers from being uprooted and displaced
- racial issues

The Adults in their Quest for Belonging

Larry	
– his role as an outcast, as "Scary Larry" is the only connection left to the outside world	– he wants to be part of the Chabot community but has come to terms with his isolated life, although he feels the impact of loneliness and being an outcast
– he longs for a friend	– he wants to belong to a social group so he believes Wallace is his friend, although he senses that something is not quite right – even after he knows that Wallace shot him he feels responsible for him and wonders if he could have prevented Tina's death
– is known as "Scary Larry"	– even after his innocence has been declared he is unsure whether society will accept him or if he will remain an outsider
– he wants to take his own place in society after Silas' revelations	– he wants to be himself again and not just people's "version of him" – although he wants to belong to the Chabot community again, he is unwilling to sacrifice his dignity – he decides not to be the victim any longer and thus stops protecting his "friend" Wallace – he discovers his "true identity" (as opposed to the version created by others) and finds the strength to stay true to that newfound identity by not forgiving Silas immediately

Larry's challenges of belonging as an adult:
- living in isolation, being a social outcast
- loneliness
- the burdens of the past, which have led to his stigmatization

Silas	
– is still known as "32", his baseball shirt back number from his teenage days (= he has not matured)	– still wants to be the popular cool kid in Chabot but is instead the "sole law enforcement" without any real friends apart from his (black) girlfriend Angie – his behaviour is immature, until he realizes that guilt prevents him from maturing
– he is Chabot's police officer	– wants to be a respected member of society; however, he has lied to himself about past events and has kept vital information from the police – wants to be a respected member of society, thus he tries to solve the cases of Tina Rutherford's disappearance and M&M's murder; however, in the process he realizes that he has to take responsibility for the past, even if that might endanger his social standing
– he has chosen to come back to Chabot	– he wants to belong to his home community, yet the past catches up with him and his guilty conscience finally forces him to confess the truth
– he lacks courage	– he wants to take responsibility and it is very difficult for him to admit his past failures; however, he risks his personal safety in order to arrest Wallace and thus clear Larry's name – he almost lets himself be seduced by Irina even if the neighbourhood scares him; it is only at the last minute and the fact that there might have been a witness, that he leaves Irina's place

Silas' challenges of belonging as an adult:
- ambiguous sense of responsibility (being a police officer vs. his secrets from the past)
- lack of courage
- endangering his social status by righting the wrongs of the past

Cindy's quest for belonging ends abruptly before she has the chance to grow up.

Cindy	
– popular girl at school	– she wants to belong to her peer group yet she seems to keep up the image of a "rebel girl" ("cussing, smoking, messing with boys", chapter 10), drinking beer at the age of 15 – she wants to be part of the community, yet she risks her social status by dating a black boy
– relationship with Silas	– she wants to be loved and respected (both of which her mother and stepfather do not provide) and she finds this in the relationship with Silas; however, she refers to their relationship as "messing around" – Silas could offer her a way out of her situation at home – although she is afraid of Cecil, she places herself and Silas in danger, knowing Cecil would never accept a black boyfriend – she sees Silas as her escape route out of town, yet there is the possibility that she might really have been pregnant with his baby, so the idea to run away with him could also have been a plan to save all of them from Cecil's wrath
– her behavioural patterns	– she seems to be precocious (her experience with boys, her drinking and smoking habits); however, her behaviour seems like a desperate call for attention or an act of rebellion – being severely threatened by Cecil's behaviour and fully aware of how dangerous a man he is, she still recklessly manipulates Larry and inflicts further emotional damage, and indirectly social disaster, by forcing him into a life-changing situation
– she has courage	– she wants to take her stand, so she tries to stand up to her stepfather, on the other hand she is unable to tell her mother about Cecil's behaviour because she is convinced that her mother would not believe her – she lives up/down to her mother's expectations ("she, kind of, believes the worst about me.")

Cindy's challenges of belonging as a teenager:
- a broken and abusive home (her mother's second husband mistreats her)
- precocious and almost self-destructive behaviour (drinking & driving, provoking Cecil's rage)
- racial issue (dating a black boy, possibly pregnant)

Key Elements

friendship	Larry →Silas	– mutual interests as boys (mixed races and opposite social status) outcast → popular
	Silas → Larry	– mutual interests as boys – does penance as an adult
	Larry → Wallace	– two outsiders
betrayal	Larry → Silas	– calling him "nigger" in the fight
	Silas → Larry	– "house of horror" incident – not confessing that he was with Cindy the night she disappeared – keeping this secret for years
	Cindy → Larry	– manipulates Larry (date) – forces him to help her
	Wallace → Larry	– obsession with the alleged murderer – copies Larry's alleged crime – tries to kill Larry
	Silas → Cindy	– chooses his baseball career over her – lacks the courage to stand up for a mixed race relationship – lets her run off in the dark despite her dangerous stepfather probably waiting for her – by keeping his secret he prevents her killer being found
	Carl Ott → Ina Ott	– has an affair with their maid, Alice Jones – lets Alice and his bastard son live on their land and thus shames Ina again
	Silas → Angie	– lies to Angie about his relationship with Cindy – almost takes Irina up on her obvious offer to become intimate
racial issue	Larry & Silas	– mixed race friendship
	Silas & Cindy	– mixed race relationship
	Carl & Alice	– mixed race adultery
	Carl & Silas	– mixed race family ties

Symbols and Motifs

Crooked Letter = S
- synonym for Mississippi
- story is "crooked", not told chronologically, truth is revealed gradually
- the protagonists' lives have gone off course, are "crooked"

Snakes
- associate danger, betrayal and sin
- Larry tries to impress his peers with snakes
- Wallace keeps snakes und puts one into Irina's mailbox
- there is a snake next to Silas' body after the shooting
- Silas asks about snakes when he meets Irina at a bar

Books
- symbol of escape and a bridge (to Silas, to the outside world)
- Larry is always reading a book, much to his father's disdain
- books are a connection between Larry and Silas
- as an adult Larry's home is full of books

Guns
- symbol of ambiguity
- Larry teaches Silas how to use a gun and lends him one their father's rifles
- Carl makes the boys, the legitimate and the illegitimate son, fight for the ownership of the gun
- Larry is not allowed to own a gun as an adult, but is found shot with a gun in his hand
- being a constable, Silas has a gun but has never used it so far
- Wallace has numerous firearms and sends one to Larry anonymously
- Wallace shoots Larry with the gun he sent him

The mask
- symbol of lack of identity, representing horror at the same time
- Larry wears the mask to school, hoping that he will be accepted but as soon as the party is over he realizes that the mask has changed nothing
- represents horror: Larry's attacker wears it and probably wore it when he killed Tina Rutherford
- Wallace steals Larry's alleged identity by wearing the mask himself and turning himself into "Scary Larry", he gives up his own identity

Characters and their Profiles

INFO Round and flat characters

are described by the course of development in fiction.
Round characters are fully delineated by the author and are complex, sometimes ambiguous and undergo development, possibly surprising the reader.
Flat characters are two-dimensional, uncomplicated and predictable. They do not undergo change or development during the story.

In the following section the characters are pinpointed with 10 adjectives to give you a short descriptive overview of their personality. The list also shows the changes and development of Larry's and Silas' characters during the course of action.

Larry as a boy	frail, introverted, weird, naive, obedient cowardly, vulnerable, caring, loyal, courageous
Silas as a boy	uprooted, jealous, athletic, ambitious, popular sensitive, risk-ready, in love, ignorant, weak
Larry as a man	lonely, caring, passive, obedient, polite guilty, humble, reflective, active, courageous
Silas as a man	lonely, scrupulous, frustrated, ambitious, immature reflective, caring, conscience-stricken, mature, brave
Wallace Stringfellow	lonely, fascinated by Larry, harmless, poor, weird calculating, dangerous, obsessed, aggressive, desperate

Flat characters

Carl Ott	abusive, demanding, scornful, domineering, macho irresponsible, ignorant, sadistic, uncaring, alcoholic
Ina Ott	devoted, religious, loving, protective, kind cold, unforgiving, weak, powerless, demented
Alice Jones	attractive, hard-working, protective, lonely, dignified unhappy, isolated, sacrificing, supportive, foresighted
Cindy Walker	pretty, popular, confident, rebellious, harassed (by Cecil), provocative, precocious, manipulative, uncaring, desperate
Cecil Walker	abusive, unemployed, cruel, mean, domineering aggressive, poor, macho, calculating, alcoholic

Crooked Letter, Crooked Letter – Crime Novel or Coming of Age Novel?

crime novel elements	coming of age novel elements
– deals with crimes and their detection (Cindy, Tina, M&M) – suspense (pattern of whodunit novel) – one protagonist is the investigator with a flawed character (Silas) – violent details (M&M, Tina) – murderer(s) cover up their crime (Wallace, Cecil) – social issues (race, class, family structures ...)	– traces the psychological and moral growth of the protagonists from childhood to adulthood to maturity (Larry, Silas) – is based on a tragedy that disturbs the protagonists emotionally (Cindy's disappearance and Larry being blamed for it) – Silas matures gradually and with difficulty

Gran Torino

Der Gran Torino ist ein sogenanntes *muscle car,* ein stärker motorisierter Wagen der oberen Mittelklasse, der von Ford in den Jahren 1972 bis 1976 gebaut wurde.
Der Titel des Films weist bereits auf das Setting hin: Detroit, einst blühende Metropole der Autoindustrie, erlebte einen tiefen Fall inmitten der Finanzkrise und ist mittlerweile eine sterbende Industriestadt. Sie ähnelt in ihrem Elend dem Protagonisten Walt Kowalski (Clint Eastwood), der sich nach dem Tod seiner Frau wie ein Fremder in seinem Viertel fühlt und sich von seiner Familie entfremdet hat. Nach und nach entwickelt sich eine Freundschaft zwischen dem griesgrämigen und wütenden Kauz und den zunächst verachteten asiatischen Nachbarn, vor allem mit Thao, dem Sohn der Familie.
Eastwood gelang es mit diesem Film einerseits, komplexe Themen wie unter anderem Migration, Gangkultur und Kriegstraumata zu verweben und andererseits auch eine Alternative zu der in Amerika weitverbreiteten, zunehmenden Phobie vor dem Fremden, dem Anderen anzubieten.

2008 inmitten der Finanzkrise erstmals veröffentlicht, ist der Film in Anbetracht der politischen und gesellschaftlichen Entwicklungen in den USA heute aktueller denn je.

Im Folgenden werden Sie erneut Hintergrundwissen sowie Vernetzungen und Schnittstellen dieses Wissens mit dem Film selbst und unter dem Aspekt „The Ambiguity of Belonging“ finden. Die Charakterisierung der Figuren erfolgt in kleinerem Ausmaß, da Sie diese Kenntnisse sowohl im Unterricht erwerben als auch in den Interpretationshilfen finden können. Sie finden die weiteren Informationen zum Teil auf deutscher und englischer Sprache, um Ihnen einerseits die Möglichkeit zu geben, die Inhalte vollumfänglich zu begreifen, und andererseits den spezifischen Wortschatz entsprechend zu festigen oder zu erweitern.

Hintergrundwissen

Im folgenden Kapitel wird kurz die Biographie Clint Eastwoods aufgegriffen, die Geschichte Detroits als *motor city* im 20. Jahrhundert dargelegt sowie die Bedeutung weiterer Begriffe geklärt. Zudem wird der Bezug zu den Figuren und Begebenheiten aus *Gran Torino* aufgezeigt.

Clint Eastwood

Dieses Kapitel beleuchtet die Phasen und Entwicklung in Eastwoods Karriere als Schauspieler und Regisseur.

Phase		identified with
1959–1966 "Western films"	– beginning of his career as Western hero: embodiment of classical hero with strong morals, knightly character and a gun, sustaining law and order with violence if needs be – with dollar trilogy ("Spaghetti Western") Eastwood became an international star acting as the ambiguous hero without a name	– man with no name: silent, ambiguous hero wearing a green poncho and smoking a cigarillo
1966–1992 Dirty Harry and Revisionist Westerns (a darker, more realistic illustration of the times, when settlers often used brutal force to conquer the land)	– Eastwood plays the part of a brutal cop "Dirty Harry", and many still identify him with this character today – beginning of his work as director – growing complexity marks his characters – the protagonists (he often acted the parts himself) are flawed, often traumatized, estranged from loved ones and sometimes seeking redemption for past wrongdoings	– Dirty Harry : 44 magnum revolver
1992 – today	– his movies start focusing on the question of what happens to the "lone wolf", previously the indisputable hero of American glorification of the past, once he starts getting old	– aging masculine hero with no emotional ties

The development in Eastwood's work seems to mirror the changes that the American self-image has been going through.

Motor city ("Motown") Detroit – from boom to bust

Several factors led to Detroit's fate and its fall from being "motor city" to a broken shell of its former glory. (cf. https://archive.nytimes.com/www.nytimes.com/interactive/2013/08/17/us/detroit-decline.html)

INFO

Passend zu diesem Thema finden Sie einen Text mit Klausuraufgaben ab S. 157.

– reliance on single industry	– by 1950, the population figures had reached almost 1.85 million – the Big Three auto companies: Ford, General Motors and Chrysler attracted many workers – decentralization halted the boom: strikes led by the unions, the refusal by blacks and whites to work side by side – automation (replacing assembly-line jobs with machinery) cost tens of thousands of jobs – foreign competition threatened profit – lack of industrial diversity made Detroit suffer more than other cities
– racial tension	– 1950: population was 16% black – 1967: population was approx. 33% black – today: population is about 82% black – fear and hatred have remained since the 1967 riots and have hindered growth
– failed leadership	– city leaders supposedly involved in corruption, others ignored deep-rooted structural problems (e.g. Coleman A. Young, Kwame M. Kilpatrick)
– no efficient transit system	– the focus was on the car industries, investments went into roads and highway construction rather than public transportation – lack of effective connective between class, race, age, etc.
– consequences of poverty	– 36% of the population is below the poverty level – fewer taxpaying residents leads to reduced social services – city's unemployment rate is nearly 14% (long-term average) – plans to cut pensions – growing gang violence

Angry white men

In the first half of the movie the protagonist Walt Kowalski is shown as a typical "angry white man". This stereotype refers to a group of white males without higher education who were once blue collar workers but face unemployment or minimum wage jobs. Especially in the so called "rust belt" (former industrial region in the north east, covering Ohio, Pennsylvania, Wisconsin and Michigan which was hit hard by the financial crisis in 2008 und suffered economic collapse) many feel abandoned by the government and overwhelmed by the changes that are taking place throughout society. They believe in a strong national identity, the concept of American masculinity as personified by Clint Eastwood as "The man with no name" or "Dirty Harry". Globalization, emancipation, multicultural society and gun control laws are not part of their favoured lifestyle. Instead they direct their anger often towards immigrants, African-Americans, homosexuals. Deindustrialization had a massive negative impact on the lives of the working class (see table on Detroit, above) and their fear of identity loss. Their anger, ignored or underestimated for years, finally led to a wave that carried populist President Donald Trump into the White House in 2016.

Angry white male
A politically reactionary white man, especially from the dispossessed U.S. working classes, who is angry about his (real or imagined) loss of status or position in life: *the simple, knee-jerk reaction of the angry white male ...*

blue-collar mentality
of or relating to wage-earning workers who wear work clothes or other specialized clothing on the job, e. g. mechanics, longshoremen, miners

American masculinity

For many years the concept of American masculinity seemed to consist of the following traits:

- the strong-and-silent type
- being a protector and provider
- being stoical and brave at all times (not expressing emotions)
- using violence to deal with problematic issues

Many "angry white men" still strongly believe in this concept. However, currently there seems to be a crisis with regard to the concept of American masculinity. The ambiguity can be summarized by what Marke Green, executive editor of "The Good Men Project", says about it. He believes that the crisis can only be addressed if society realizes that American culture has turned its masculinity into a "narrow, conformist, violent, bullying version" of itself. (cf. https://goodmenproject.com/featured-content/the-american-man-is-in-crisis-snsw/)

Gran Torino focuses on two very different concepts of masculinity: the old concept as desribed above and a more reflective, caring version with a sense of responsibility for past and present actions.

History of the Hmong

The story of the Hmong people is a tragic story that is seldom openly discussed in the US. Here you can find information about their origin and why the Hmong came to the States.

- Who: one of the most recent Asian immigrant groups to come to the USA
- Origin: they originate from the northern mountain regions of Laos
- Why: during the Vietnam War, Hmong villagers fought for America against the North Vietnamese in what has been called a „secret war" in Laos
- after the war, Laos was taken over by Pathet Lao communists
- Hmong were persecuted due to their support of US involvement
- Hmong and other Laotian exiles escaped to Thailand
- Hmong achieved refugee status because of their war efforts on behalf of the US, as well as their need to escape the communist regime in Laos

The trauma of war or PTSD = post-traumatic stress disorder

Post-traumatic stress disorder (PTSD)
A condition of enduring anxiety after experiencing – or being close to someone who has experienced – shock, acute danger, or other frightening or threatening ordeals. PTSD can occur in adults or children and is more common in female than male victims of violence. It may be associated with narcotics or alcohol dependency.

Many war veterans suffer from PTSD. War veterans from the Korean War (1950-1953), also known as the "The Forgotten War" or "The Unknown War" because World War II or the Vietnam War overshadowed it, frequently suffer not only from PTSD but also from lack of recognition for what they sacrificed and endured while serving their country.

Background Information and *Gran Torino*

Background Information	*Gran Torino*
– Detroit	– Walt worked for the automobile industry – he experienced the better times of Detroit – he is now stuck in a multi-cultural, impoverished neighbourhood – his neighbourhood is being bullied by a gang
– angry white man	– first half of the movie: Walt's world has collapsed completely but he refuses to move house – his anger is directed toward his coloured neighbourhood – Walt's racial slur
– blue collar mentality	– Walt: used to be hard-working, well-paid member of car industry and proud of his job: still keeps his Gran Torino
– American masculinity	– the Grand Torino expresses Walt's masculinity – Walt was a soldier in the Korean War – in the first half Walt represents the typical angry white man, believing in traditional American masculinity – in the second half he represents more progressive traits: being a mentor to Thao – the main traits remain till the end: being protective, brave, solving an issue with violence – Thao represents the opposite: he likes gardening, lets his sister "boss him around" – Thao's journey into American masculinity: gets a job as a constructor (considered typically male), has a girlfriend (dates Youa) and finally inherits Walt's Gran Torino (complete American identity)

– the Hmong	– Walt's neighbours are Hmong – culture clash becomes obvious in the first half
– PTSD	– Walt fought in the Korean War – he killed 13 people, among them an innocent Korean teenager – most likely suffers from PTSD – his Asian neighbours trigger old memories and guilt

The Ambiguity of Belonging

Das folgende Kapitel beleuchtet die Zerrissenheit der Charaktere in Bezug auf Zugehörigkeit, ihre Entscheidungen und die Konsequenzen, die sich daraus ergeben.

Walt	
– Zugehörigkeit zu: Familie	– fühlt keine emotionale Verbindung mehr zwischen sich und seinen Kindern und Enkeln, entdeckt aber, dass er den Umgang der Hmong-Familie untereinander und später auch mit ihm schätzt
– Nachbarschaft	– fühlt sich seinem Viertel zugehörig (being "a real American with decent values"), trotzdem fühlt er sich isoliert und fehl am Platz in der von den Hmong dominierten Umgebung – entdeckt, was er mit seinen Hmong-Nachbarn gemeinsam hat
– Religion	– ist Katholik, hat sich aber von seiner Kirche distanziert; trotzdem entwickelt er ein Vertrauensverhältnis zu Pater Janovich – glaubt an: traditionelle Werte – hält am „alten“ Patriotismus fest, leidet aber unter seinen Erfahrungen im Korea-Krieg – hat sich von seiner Familie entfremdet, fühlt sich nicht respektiert, erkennt aber, wie die Hmong Familie und den Respekt vor der älteren Generation achten und ehren und entdeckt dadurch Gemeinsamkeiten
– das Konzept amerikanischer Männlichkeit	– hat starke rassistische Vorurteile, leidet aber unter den Schuldgefühlen bedingt durch seine Taten im Korea-Krieg – unfähig, seine Emotionen anzuerkennen oder zu zeigen, geht aber eine emotionale Verbindung mit der Hmong-Familie ein – unabhängig, aber fühlt sich für Sue und Thao verantwortlich – ist bereit, Gewalt als Mittel einzusetzen; dies beinhaltet aber auch, dass er sich selbst opfert, um der Gerechtigkeit Genüge zu tun und seine früheren Taten zu sühnen

Walts Ambivalenz der Zugehörigkeit zeigt sich auf mehreren Ebenen:

- Isolation in Zeit (er ist den Werten der 1950er verhaftet) und Raum (multi-kulturelle Nachbarschaft überfordert ihn) → kulturelle Ebene
- Entfremdung von seiner Familie und sich selbst, aufgrund der Kriegserfahrungen → soziale Ebene
- Distanzierung von Glaubensgemeinschaft → persönliche Ebene

Thao	
- Zugehörigkeit: zur Hmong-Kultur	- wird den Hmong-Werten entsprechend erzogen, verweigert aber Teilnahme an Festivitäten und kleidet sich wie ein amerikanischer Teenager - will sich anpassen, trägt jedoch traditionelles Gewand anlässlich Walts Beerdigung, hat eine Hmong-Freundin
- Familie	- hat kein männliches Vorbild in seinem Ringen um Anpassung, findet jedoch in Walt eine Vaterfigur
- zum männlichen Teil der Gesellschaft	- hat feminine Züge (Erscheinung, verrichtet „Frauenarbeit", ist passiv), entwickelt aber „männliche Eigenschaften": männliche Sprache, Arbeit auf einer Baustelle, Freundin und schließlich auch der Besitz des Gran Torino

Thao's Ambivalenz der Zugehörigkeit zeigt sich auf mehreren Ebenen:

- Schwierigkeiten in der Bestimmung der kulturellen Identität, zerrissen zwischen der Hmong-Kultur und der amerikanischen Lebensweise
- Unsicherheit in Bezug auf seine Geschlechtsidentität

Key elements

family	Walt Thao and Sue Walt → Thao	- estranged from his own family - his sons show a lack of respect towards him - part of extensive Hmong family - Thao has a difficult position in his female-dominated family, no male role model - Walt becomes a father figure for Thao
racism in multicultural society	Walt Sue and Thao	- "white flight" from Highland Park - uses racial slur - social norm of staying with one's own people (Sue is an exception: she is dating a white boy)
guilt and redemption	Walt	- killed 13 people in the Korean War, among them an innocent teenager - responsible for the spiral of violence and its impact (drive-by shooting, rape) - sacrifices his life in order to atone for past and present guilt

American masculinity	Walt Thao	– stereotype of angry white man – develops another kind of masculinity, although certain traits remain – almost opposite to the concept of American masculinity – is "manned up" by Walt (job, girlfriend, car)
(gun) violence		– Walt has at least two guns – Latino and Hmong gangs use guns
ambiguity of belonging		– See page 110 (The ambiguity of belonging)

Symbols and Motifs

the Gran Torino
- represents conservative American values
- the "muscle car" stresses Walt's (American) masculinity
- symbolizes its owner's status as "outdated model"
- represents the growing bond between Walt and Thao

lighter and silver star medal
- stands for Walt's Korean war experiences
- symbol of his ever-present guilt
- at the end Walt uses the lighter to provoke the gang into shooting him, thus changing the symbol of guilt into one of redemption

cross
- symbol of Walt's salvation

Motif: life and death
- are juxtaposed (funeral vs. birth ceremony, Walt's death vs. peaceful life for Thao and Sue)
- the film is framed by two funerals
- Father Janovich often focuses on "life and death"
- Walt's war experience
- final shootout

dilapidation vs. refurbishment
- street in disrepair symbolises the loss of values and traditions
- Thao's job of refurbishing houses symbolises the gaining of self-confidence
  Thao and Walt working together and helping each other with repairs: symbolises their friendship

Characters and their Profiles

In the following the three main characters are described with 10 adjectives to give you a short yet descriptive overview of their personality.

Walt	lonely, conservative, masculine, racist, self-reliant, practical, conscience-stricken, determined, considerate, caring
Thao	insecure, soft, torn, lost, weak, a push-over, persistent, willing, self-confident, positive
Sue	strong, assimilated, friendly, self-confident, open, considerate, courageous, intelligent, emancipated

Gran Torino and *Crooked Letter, Crooked Letter*

Im diesem Kapitel werden sowohl thematische Schnittstellen zwischen Film und Buch als auch Gemeinsamkeiten der Protagonisten in Bezug auf „ambiguity of belonging" aufgezeigt.

race
- cross-cultural relationships
- time and place (setting)
- racial prejudice

family
- parent-child relationship
- position in the family
- estrangement
- blood related vs. heart related

friendship
- impact vs. lack of friendship
- what is true friendship
- are there limits of friendship

(gun) violence
- guns as means of empowerment
- guns as means of violence
- guns as means of protection

(American) masculinity
- concepts of masculinity
- gender identity

religion
- as substitute for social contacts
- role of religion with regard to sense of belonging

Shared characteristics between the protagonists

	Larry	Walt
Why is there ambiguity in their sense of belonging?	– craves emotional bonds but is a social outcast – difficulties with finding his male identity – sacrifices friendship in order to develop sense of self again – guilt from the past (supposed murder)	– alienated from his sons but becomes a father figure for Thao – neighbourhood, lives outside of "time and place" – forms close bond to Hmong family – guilt from the past (war)
What strategies do they choose?	– at first: struggle to gain friendship (tutoring, snakes, mask) – then: resignation, isolation, prayer, reading – finally: courage, strength, hope	– at first: isolation, anger, stoical – then: being mentor to Thao, caring, protecting – finally: reflection, atonement
What is the outcome?	– at first: being lonely – finally: sacrifices friendship to overcome the past and develop sense of self again	– at first: being lonely – finally: sacrifices himself in order to save friends and atone for the past

	Silas	Thao
Why is there ambiguity in their sense of belonging?	– being black – being the poor outsider, then the "cool kid", then again an adult without friends – guilt from the past (Cindy)	– no friends but rebels against the gang – not clear about his position in the family but finds father figure in Walt – difficulties finding his male identity
What strategies do they choose?	– at first: integration through baseball, later through law enforcement job – represses his involvement in past event – then: takes responsibility	– at first: reading, studying, being passive, persuaded by the gang to steal the car – then: developing a male identity
What is the outcome?	– at first: satisfying – finally: he atones for past wrongs	– at first: being lonely – finally: transition into American male identity (job, girl, car)

Methoden der Textanalyse

Literarische Texte

Narration

Elements of narration

Plot

INFO Elements of a complete plot

exposition → rising action → climax/turning point → falling action → ending

A **plot** need not necessarily be complete (there may be an open ending).

The **sequence** need not necessarily be chronological.
There may be foreshadowing or flashbacks or there may be reverse narration (umgestelltes Erzählen).
In particular, an excerpt from a longer text, which is the most common sort of text in the final exam, may not contain all the elements of the plot.
Certain **key events** within the action of a story will increase the tension; they will create suspense, rising to a climax or turning point. After that there will be falling tension or relief.

INFO Tension curve

rising tension → climax or turning point → falling tension or relief

Theme

The **theme** of a story is always abstract. Themes can be love, poverty, racism, childhood etc.
The **subject matter** of a story is the concrete realization of the theme.

Example

Two stories may have the same theme: racism. The subject matter of one may be the murder of an African-American, of the other the bullying of a black schoolgirl.

Character

When asked to characterize a figure from a narrative text, you must be aware of different aspects. There are key questions that can guide you.

Direct characterization

- What does the narrator say about the character?
- What do other characters say about the character?
- What does the character say about himself/herself?
- How objective is what they say? Be aware of words with negative or positive connotations.

Indirect characterization

- How does the character act?
- What does the character say?
- What kind of language does he/she use?

It might help to fill in a table with the following headings:

Character's outward appearance	Character's language	Character's actions	What the character says	Other characters' statements (or actions)
...	...	...	...	...

Narrator/point of view

INFO Narrator

The narrator is either a first-person or a third-person narrator.
The first-person narrator is NOT the author!

limited point of view	**unlimited/omniscient point of view**
first-person narrator	third-person narrator (neutral omniscience, God-like knowledge of all the facts)
third-person narrator (one character's point of view, "selective omniscience")	third-person narrator (several characters' points of view)

The narrator always works like a camera, taking a point-of-view shot through a character's eyes or looking at the characters from the outside.

Mode of presentation

Panoramic presentation (telling) vs. scenic presentation (showing)
There are two modes of presentation to be found in narratives: the panoramic and the scenic mode:

The **panoramic** mode is employed when the narrator summarizes several events, whereas the **scenic** mode is used when the narrator describes scenes in great detail.

Interior monologue is a particular kind of scenic presentation in which the thoughts and feelings passing through a character's mind are depicted. In **reported thought** the thoughts are presented as reported speech.

This is closely connected with the concepts of *narrated time* and *narrating* (or *acting) time:*

narrated time longer than narrating time	usually summary of events
narrated time identical with narrating time	e.g. direct speech
narrated time shorter than narrating time	e.g. stream of consciousness, interior monologue, detailed description of a scene, comparable to slow motion in a film

INFO Function of mode of presentation and point of view

A neutral, omniscient narrator, who observes the action and the characters from above and who uses a panoramic mode of presentation, is more detached and thus creates a distance between the reader and the action. On the other hand, a narrator who takes a character's point of view creates immediacy and directly involves the reader in what happens.

Setting

The place and time where and when the action is set is called the setting. It is especially important for *atmosphere* and *symbolism.*

Atmosphere

Atmosphere is created by means of setting, objects, colours, light and darkness, but also by reference to a character's mood or by the use of language.

Symbolism

Symbols are part of the setting of the narrative.

INFO Symbols

Established symbols
These are conventional symbols which have long been used and have a certain, traditional significance that everybody knows. Examples of established symbols:
a rose, a cross, the colour white.

Created symbols
Something becomes symbolic within a certain context because it is closely connected to an event, a situation or a character.

Symbols are NOT metaphors!
Symbols are really there, are part of the story. Metaphors or similes are figures of speech.
Examples:
She was a rose, so beautiful → metaphor
She was like a rose, so beautiful → simile/comparison
They fell in love when they first met in her father's rose garden → symbol

Language and style

In order to determine the style of a text, it is necessary to examine aspects such as register, diction (choice of words), tone, and also sentence structure.

Register is the level of language used in a particular situation. It may be formal, neutral, informal, or vulgar. There may be a lot of slang words, even taboo words, or technical terms, or jargon.

The **tone** may be ironic, sarcastic, sad, humorous, serious, playful, angry etc., depending on the emotional attitude it expresses. This depends on the choice of words, level of speech, rhythm, sentence length etc.

Stylistic devices will be considered at length in the chapters on poetry and non-fictional texts (p. 120,121,125 and 129)

Poetry

Poetry focuses on the **aesthetic function** of language. It appeals to the senses. This is achieved by

- the sound of words,
- the rhythm of the words and phrases,
- the choice of words,
- the structure of the sentences,
- the composition of the poem,
- the visual arrangement of words and lines,
- and, above all, by means of imagery.

In your final exam however, you will be asked to examine its meaning and the effect of the language the speaker uses.

How to proceed

Questions to be asked

- Who is the speaker of the poem and where is he/she?
- Does the speaker address somebody, contemplate something, describe something or somebody?
- Does the speaker tell a story, explain something or argue against or in favour of something?
- What is the speaker's attitude? What is he/she saying?
- How is the poem composed? Is it structured by a rhyme scheme, or by the division into stanzas, or by some other device?
- Is there a correspondence between the structure of the poem and the structure of the speaker's thoughts?
- What is the significance of the title?
- What words does the speaker use? What do they mean?
- What is the structure of the sentences? Simple? Complex?
- What poetic devices does the speaker use?
- And what is the effect of all this? What is the experience of reading?

In order to understand and describe poetry, you need to be familiar with its most important elements.

Elements of poetry

Poems are composed of **stanzas** and **lines**.

INFO Speaker and author

The speaker of the poem is NOT the author. Poems may be autobiographical, but you must still refer to the "speaker in the poem".

Stanzas may have a certain **rhyme scheme.**

Rhyme

Rhyme schemes

pair rhyme	a a b b
alternate rhyme	a b a b
embracing rhyme	a b b a

Lines may have a certain rhythm. The smallest unit that determines rhythm is the foot, consisting of at least one stressed and one or two unstressed syllables. The pattern of stressed and unstressed syllables is called **metre.**
A sequence of stressed and unstressed syllables is not something artificial. It is the natural rhythm of the English language. It is the poet's skill to choose words in such a way that this pattern constitutes a regular metre.
Types of foot:

foot	**stresses**	**example**
iamb/iambic	–/ (da-**dum)**	compare
trochee/trochaic	/ – **(dum**-da)	lovely
spondee/spondaic	// **(dum dum)**	drop dead
anapest/anapestic	– –/ (da-da-**dum)**	lemonade
dactyl/dactylic	/ – – **(dum**-da-da)	whispering

Lines

end-stop lines	natural pause for the end of a thought at the end of a line	"Shall I compare thee to a summer's day?" (Shakespeare, Sonnet 18)
run-on lines (enjambement)	The meaning requires no pause between the lines.	"When yellow leaves, or none, or few, do hang Upon those boughs which shake against the cold ..." (Shakespeare, Sonnet 73)

caesura	The meaning requires a pause in mid-line.	"Let me not to the marriage of true minds Admit impediments; love is not love ..." (Shakespeare, Sonnet 116)

Imagery

A writer or speaker using language beyond its dictionary meaning makes use of **imagery.** All figurative use of language is imagery. Imagery appeals to all the senses; it is meant to stimulate the reader's or listener's imagination.

INFO Watch out

The word *imagery* is an abstract noun. There is no plural. You can only talk about single *images*.

Types of imagery

metaphor	A metaphor compares two basically dissimilar things without using the words 'like' or 'as'. Some characteristics of the one are thus transferred to the other in order to illustrate its qualities. "All the world is a stage." (William Shakespeare)
simile/ comparison	Like a metaphor, a simile draws a comparison, but it explicitly uses the words 'like' or 'as' to do so. "My love is like a red, red rose" (Robert Burns)
personification	It is a kind of metaphor in which animals, plants, inanimate objects or abstract ideas are represented as if they were human beings and possessed human qualities: "Busy old fool, unruly sun,/Why dost thou thus,/Through windows, and through curtains call on us?" (John Donne, "The Sun Rising")
symbol	see the examples in the previous chapter, p. 118

Drama

When asked to analyse a dramatic text, you will have to focus on particular elements that are characteristic of plays.

Elements of drama

Structure

Plot

INFO Elements of a dramatic plot

exposition → rising action → climax or crisis → falling action → dénouement or catastrophe

The audience is confronted with the action on stage directly. There is no narrator. Yet one can identify the same elements of plot as are found in narration.
In tragedy, the opponents of the hero gain the upper hand in the falling action, which ends in the catastrophe.
Comedy has a happy ending, in which conflicts are resolved (dénouement).

Stage directions

The dramatic text consists of **two kinds of text:** the more important kind of text is the dialogue spoken by the characters (i. e. dialogue, monologue, and asides).
The stage directions are the second kind of text. They give instructions concerning the stage design, about sounds to be heard, visual effects, the characters and also the way some of the dialogue has to be spoken.
The following visual and acoustic elements will have to be considered in your analysis of stage directions. They will help to characterize a character, create atmosphere or function as symbols. (cf. p. 118)

concerning the actors		**concerning the stage**	
visual	**acoustic**	**visual**	**acoustic**
size	voice	scenery	music
facial expression	intonation	stage design	noise
gestures	language of the play	lighting	sound
costumes	non-verbal noises	properties *(Requisiten)*	

Characters

The audience is confronted with the characters on stage directly and there is no narrator. A character is presented through action, interaction and dialogue and, of course, his outward appearance on stage (see above).

There are **flat** characters, types that act in a predictable way, and **round** characters, lifelike characters that are fully developed.

Language/Dialogue/Communication

When analysing the language of a play, you have to keep in mind that it works on two levels:

1. The inner system of communication, i. e. the communication among the characters.
2. The outer system of communication between the playwright and the audience.

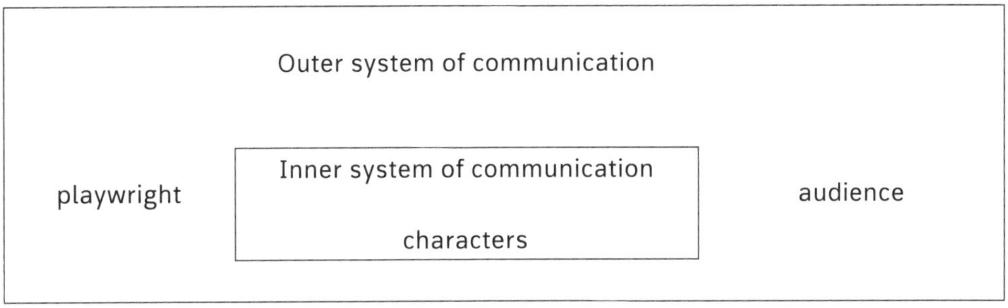

Dramatic irony

Dramatic irony is an important effect that is created by these two levels of communication. If the audience knows more than a character, an utterance will be perceived as ironic when it sharply contrasts with reality.

Comedy

On the level of communication between playwright and audience, dramatic irony, the audience's awareness of facts the characters do not know, may serve a comic effect.

Aside

In an aside, an actor speaks to the audience in order to provide information on his thoughts and feelings or intentions. The other characters on stage supposedly do not hear what he says.

Glossary – Vocabulary for Analysing Literary Texts

the narrator tells of/shows/relates/reveals
the narrator takes *xy's* point of view
the narrator is omniscient
the story is told in the first person/third person form
the narrator uses/employs/makes use of metaphors, similes, comparisons
a metaphor shows/stands for/suggests
the narrator speaks in an ironic/satirical/detached/matter-of-fact/serious tone
the story deals with/treats of/concentrates on/focuses on ...
atmosphere is created
tension/suspense is created/built up
a poem is written/composed
a poem is read, spoken, recited
the recital of a poem
the poem is by Shakespeare
it is a song by Genesis
the speaker of the poem/the poetic I/the poetic persona
the poem consists of/is composed of/is arranged in stanzas
the comedy ridicules/mocks/satirizes
the exposition sets the action in motion
the action moves towards and culminates in a turning-point
the play has a simple/complex/tight plot
it has a happy/unhappy ending
there are main/major/minor characters
the protagonist is in conflict with an opponent
the antagonist fights the protagonist
the spectator/audience follows the play
the play is performed/produced/staged
scenery is shifted
actors perform/play/enact
an actor enters/makes an entrance
an actor exits/makes his exit

Language and style

Important stylistic devices

device	definition	example
alliteration	repetition of a consonant at the beginning of neighbouring words	"From forth the fatal loins of these two foes ..." (Shakespeare, *Romeo and Juliet*)
allusion	direct or implied reference	Poetry is great. Just think of the most famous writer of sonnets in English.
analogy	A resemblance is established between things that are unlike.	The heart is simply a pump propelling the blood round the body.
anaphora	Neighbouring sentences start with the same word.	"We shall not flag or fail. We shall go on to the end. We shall fight in France ..." (Winston Churchill)
antithesis	contrasting ideas using a parallel syntactic structure	"It's a story that hasn't made me the most conventional candidate. But it is a story that has seared into my genetic make-up the idea that ..." (Barack Obama)
assonance	Internal vowel sounds in neighbouring words are repeated.	How now brown cow?
blank verse	poetry without rhyme but with a regular metre: iambic pentameter	"The king has happily received, Macbeth, The news of thy success, and when he reads ..." (Shakespeare, *Macbeth*)
chiasmus	the reversal of word order in two parts of a sentence	"Fair is foul, and foul is fair" (Shakespeare, *Macbeth*)
climax	an enumeration of arguments that become stronger	Friendship, affection, love.
ellipsis	incomplete sentence	"A good choice!"
enumeration	list of arguments	Macbeth is disloyal, greedy and obedient to his wife.
euphemism	An unpleasant expression is replaced by a more agreeable one.	"Civilizing" Australian Aboriginals meant forcibly removing the children from their families.
hyperbole	exaggeration	I have told you a thousand times.
inversion	reversal of word order	Not only did he like chocolate, he also ate a lot.

metaphor	indirect comparison without "like" or "as"	Love is a red, red rose.
onomatopoeia	word that imitates the sound that it stands for	Bang! Swoosh! Ding-dong.
oxymoron	a combination of contradictory words and meanings	"O heavy lightness, serious vanity, Misshapen chaos of wellseeming forms," (Shakespeare, *Romeo and Juliet)*
paradox	an apparent contradiction	This statement is true and false at the same time.
parallelism	same syntactic structure of two or more sentences	He liked the sea. He liked the sun. He liked holidays in Cornwall.
personification	Inanimate objects or abstract ideas are represented as if they were human beings.	"Too hot the eye of heaven shines" (Shakespeare, sonnet 18)
rhetorical question	a question that does not require an answer	Do you think I'm stupid?
simile	comparison using the words "like" or "as"	Your love is like a red, red rose.
telling name	a name that represents character traits	Doolittle: he is too little or: he does too little (Shaw, *Pygmalion*)

Sach- und Gebrauchstexte

Argumentative Texts: How to Deal with (Political) Speeches

Keyword:
(Political) speeches: aim at convincing *(überzeugen)* the audience of the speaker's position, winning them over to his/her side. Very often, the speaker tries to persuade (überreden) the listener by appealing to his/her feelings. In some cases, the orator may even attempt to manipulate *(manipulieren)* his/her audience.
You should always keep in mind that the speaker wants to present his/her opinion/conviction/point of view as positively as possible.

When asked to analyse a political speech, you will have to focus on the topic and characteristic features.

How to proceed

Reading the text

1. Read the (political) speech (or, more likely, an extract from it) as a whole, trying to identify the main topic of the speech (reading for gist).
2. Re-read the (political) speech (the extract) several times, paying special attention to certain characteristic features of such speeches. Mark words or phrases in the text and take notes (intensive reading).

Pay special attention to

- key words and phrases
- references to historical events
- the use of symbols, key words, slogans
- references to famous people
- references to works of literature
- stylistic devices (see below)

Questions to be asked

When it comes to analysing a (political) speech, you should always ask yourself the following questions:
- What is the main topic of the speech?
- What is its political, historical and social context?
- What do I know about the speaker (biography, political orientation)?

Elements of a (political) speech

Structure

(Political) speeches can usually be divided into **an introduction, a main part** and **a conclusion.** These parts serve different purposes:

INFO Introduction to a speech

In the introduction, the orator announces the topic/purpose of the speech and explains why it is of major importance. He/She also wants to attract the audience's attention so that they will follow the speech closely and accept his/her opinion.

There are several ways to make listeners interested:

- The speaker can open by telling the audience **something about their personal history/recent experience,** thereby underlining the fact that the topic of the speech is of personal importance to them. By relating a **little story** to the audience, the speaker will also appear more human and less remote.
- Another common way of starting a speech is to **open it with a question** that refers to the main topic and which will be answered later in the speech. By asking the audience a question, the speaker actively involves them, indirectly asking them to think more deeply about the question.
- A speaker may **present visual material to the audience,** e.g. pictures, concrete objects or a short extract from a film. This also helps to attract the audience's attention: listeners will become curious about how the object or visual material is related to the content of the speech.

INFO Main part of a speech

In the main part of the speech the orator needs to keep the audience interested and to make sure that they can follow the train of thought.

Again, there are several ways to do this. The following techniques are particularly effective:

- **using short and simple sentences,** developing the argumentation step by step and ensuring that the audience can follow
- **quoting reliable sources/experts, referring to statistics and providing the audience with facts and necessary background information,** which shows that the speaker is well-informed and has researched the subject
- **pointing out problems, but also providing solutions** to them, thus showing that the speaker is competent
- **including personal experiences** and vivid, concrete events, again aiming for a personal relationship to the audience, **often using personal pronouns like "we", "us", "our".**

Towards the end of a speech the speaker might
- take up a question posed at the beginning of the speech
- appeal once more to both the audience's head and heart
- ask for support, giving the listeners the feeling that their support is of major importance
- develop a vision for the future

Language and style

There are certain stylistic devices which are often used in (political) speeches. They aim at making the speech more lively and interesting.

Important stylistic devices

analogy	A resemblance is established between things which are unlike.
simile	This is a direct comparison using the words "like" or "as", e.g. *He fought like a lion in the battle.*
metaphor	This is an indirect comparison without using the words "like" or "as", e.g. *He was a lion in the battle.*
alliteration	A consonantal sound is repeated in two or more adjacent words, e.g. *We will win … "We must understand that ties of trade bind nations in closest intimacy …"* (Warren G. Harding: *Inaugural address,* March 4, 1921).
repetition	Repeating certain words or phrases puts emphasis on the meaning of the words and phrases in question, e.g. *"The answer to the slavery question was already embedded within our Constitution – a Constitution that had at its very core the ideal of equal citizenship under the law; a Constitution that promised its people liberty, and justice […]."* (Barack Obama: *A More Perfect Union)*
parallelism	Two or more parts of a sentence (or two or more sentences) have the same (or similar) syntactic structure. Like repetition, parallelism serves to emphasize the parts of the sentence in question, intensifying the force of the statement and encouraging the audience to think about its meaning, e.g. *"Let us be our sister's keeper. Let us find that common stake we all have in one another, and let our politics reflect that spirit as well."* (Barack Obama: *A More Perfect Union)*
antithesis	Two ideas are opposed to one another, using a parallel syntactic structure to achieve the desired effect, i.e. establishing a contrast, e.g. *"It's a story that hasn't made me the most conventional candidate. But it is a story that has seared into my genetic make-up the idea that this nation is more than the sum of its parts – that out of many, we are truly one."* (Barack Obama: *A More Perfect Union)*

rhetorical question	A rhetorical question is one to which no answer is expected; instead the listener is asked to think about the question and its relevance, e. g. *"How long should this suffering continue?"*
irony	Words or phrases are used to mean something different, often the opposite of their literal meaning. This is often done for rhetorical or humorous effect.

Glossary – Vocabulary for Analysing Speeches

By telling the listeners something about himself he attempts to establish a personal relationship with his audience.	Er bemüht sich, eine persönliche Beziehung zu seinen Zuhörern aufzubauen, indem er seinem Publikum etwas über seine persönliche Geschichte erzählt.
She attempts to win her listeners over to her side.	Sie versucht, das Publikum auf ihre Seite zu ziehen.
He draws a comparison between ... and ...	Er zieht einen Vergleich zwischen ... und ...
He puts emphasis on the meaning of his words by using parallelism/repetition in l. X (line ...).	Durch den in Zeile X verwendeten Parallelismus/die in Zeile X verwendete Wiederholung verleiht er seinen Worten Nachdruck.
He refers to well-known historical events such as ...	Er bezieht sich auf allgemein bekannte historische Ereignisse wie z. B. ...
He wants to call/draw the audience's attention to the fact that ...	Er möchte die Aufmerksamkeit des Publikums auf die Tatsache lenken, dass ...
His frequent use of rhetorical questions is intended to show that ...	Sein häufiger Gebrauch rhetorischer Fragen soll verdeutlichen, dass ...
His use of metaphorical language is intended to make his speech more lively and interesting.	Sein metaphorischer Sprachgebrauch soll seine Rede interessanter und lebendiger machen.
In l. X (line ...) he directly criticizes his political opponents.	In Zeile ... kritisiert er offen seine politischen Gegner.
The frequent use of personal pronouns such as "we", "us" and "our" gives the audience the impression that he does not regard himself as superior to them, but as one of them.	Der häufige Gebrauch der Personalpronomen „wir", „uns" und „unser" soll dem Publikum das Gefühl geben, dass er sich als einer von ihnen und nicht als eine höhergestellte Person sieht.
The speaker appeals to the audience's emotions by ...	Der Redner/Die Rednerin spricht die Gefühle des Publikums an, indem er/sie ...

The speaker begins by ...	Der Redner/Die Rednerin beginnt mit ...
The speaker makes frequent use of metaphors/similes/symbols/examples to point out/to underline that ...	Der Redner/Die Rednerin macht regen Gebrauch von Metaphern/Vergleichen/Symbolen/Beispielen, um herauszustellen/zu unterstreichen, dass ...
The speaker tries to convince his/her audience of his/her point of view by ...	Der Redner/Die Rednerin versucht sein/ihr Publikum von seinem/ihrem Standpunkt zu überzeugen, indem er/sie ...
The speaker aims to convince/persuade/manipulate the audience.	Es ist das Anliegen des Redners/der Rednerin, das Publikum zu überzeugen/überreden/manipulieren.

Expository Texts: How to Deal with Essays

Keyword:

Essays: There are various kinds.

a) essays which reflect the author's opinion on a certain topic **(comment)**

b) essays in which the author weighs up the pros and cons of a particular subject **(argumentative essay)**

c) essays in which a topic is presented in a clear and logical way and which do not contain the author's opinion **(expository essay)**

How to proceed

First you have to find out which kind of essay you are being asked to analyse.
For details on how to analyze **comments** you can refer to the section on **political speeches** above.
Here we will focus on the **argumentative essay.**

Structure

- In the **introduction** the author expresses the main idea of the essay. Instead of giving a personal opinion, she/he might choose to provide the reader with some background information, or start with a question which will serve as a guideline and be answered in the course of the essay.
- For the **main part** of the essay the author can decide on a dialectical or an enumerative approach.
- In an **enumerative approach** the author will enumerate all the aspects of the topic in a neutral way. A **dialectical approach** can either present all the arguments in favour of a position before focusing on the counterarguments (or vice versa), or it can present the pros and cons alternately. The latter is usually considered more skilful.
- Each **new aspect** is usually presented in a new paragraph. The various **arguments** can be backed with examples from real life, established facts, an expert opinion, or

other reliable sources. These pieces of evidence are very important as they enable the author to make his argument convincing and thus to persuade the reader.
- In the **conclusion** the author sums up the arguments, frequently also restating his/her own opinion and referring to what could happen in the future.

Glossary – Vocabulary for Analysing Essays

The author discusses the pros and cons of ...	Der Verfasser/Die Verfasserin diskutiert die Vor- und Nachteile von ...
The author gives his/her personal opinion on the problem of ...	Der Verfasser/Die Verfasserin äußert seine/ihre eigene Meinung zum Thema ...
He/She believes/is convinced/presumes that ...	Er/Sie glaubt/ist überzeugt/nimmt an, dass ...
She/He wants to persuade the reader ...	Sie/Er möchte die Leser überreden ...
One can easily follow his train of thought.	Man kann seinen Gedankengang leicht nachvollziehen.
At the end of her essay she draws/comes to the conclusion ...	Am Ende ihres Essays kommt sie zu dem Schluss ...
His/Her arguments are (not) convincing/well-chosen.	Seine/Ihre Argumente sind (nicht) überzeugend/gut gewählt.
The main topic of the essay is ...	Das Thema des Berichts ist ...
The tone of this essay is humorous/neutral/ironical/serious.	Der Ton des Berichts ist humorvoll/neutral/ironisch/ernst.
The author uses real examples to convince her readers.	Die Verfasserin verwendet reale Beispiele, um ihre Leser zu überzeugen.
The author's choice of words shows/emphasizes that he is for .../against ...	Die Wortwahl des Verfassers zeigt/unterstreicht, dass er für .../gegen ... ist.
In the introductory paragraph of her essay she asks a rhetorical question, which serves as a thread.	Im einleitenden Abschnitt ihres Berichts stellt sie den Lesern eine rhetorische Frage, die sich wie ein roter Faden durch den Bericht zieht.
The author uses adjectives with positive/negative connotations to support his/her point of view.	Der Verfasser/Die Verfasserin verwendet Adjektive mit einer positiven/negativen Konnotation, um seinen/ihren Standpunkt zu verdeutlichen.
Her attempt to persuade the readers backfires/works very well.	Ihr Versuch, die Leser zu überreden, misslingt/gelingt.

Narrative Texts: How to Deal with Reports

Keyword:
Report: This is a special kind of newspaper article.
It provides answers to the five "W" questions *(Who? What? Where? When? Why?),* as well as the *How* question (how something happened). Its aim is to inform its readers and NOT to manipulate or influence them.
A report deals with current events and only contains facts.

Sometimes students have problems when it comes to differentiating between a *report* and an *article,* which can also deal with current events but which is usually a mixture of both fact and opinion.
The style of an **article** is usually more personal and its main aim is to entertain the reader. This is ensured by using many adverbs and adjectives to make the article lively and by addressing its readers directly, often by asking them a hypothetical question, e. g. *How would you feel if you discovered that someone had stolen your brand-new car?*
The main characteristics of a **report** are outlined below.

Elements of a report

Structure

- To arouse the reader's curiosity, reports have **headlines** containing basic information without providing too much detail.
- The basic information is generally provided in the first paragraph, which serves as an **introduction.**
- The **main body** of a report consists of a number of paragraphs, which contain one piece of information each.
- The last paragraph serves as a kind of **conclusion.**

Language and style

- A report is written in a factual style and neither reflects the author's personal opinion nor contains any kind of speculation.
- Individual paragraphs are relatively short and consist of short sentences which aim to ensure that the reader understands the information presented.
- Experts – or people who have first-hand experience of the topic in question – are often quoted, but no authorial comment is given on what they say.

Glossary – Vocabulary for Analysing Reports

The report [title] written by [author] deals with/is about/relates/describes ...	Der Bericht [Titel] von [Verfasser/in] beschäftigt sich mit/handelt von/berichtet von/ beschreibt ...
The topic(s) of the report is (are) ...	Das Thema/Die Themen des Berichts ist/sind ...
In the introduction the reader learns about/gets to know ...	In der Einleitung erfährt der Leser/die Leserin ...
The report can be divided into ... paragraphs.	Der Bericht kann in ... Absätze gegliedert werden.
The report consists of ... paragraphs.	Der Bericht besteht aus ... Absätzen.
It's the author's aim to inform the reader about ...	Es ist das Anliegen des Autors/der Autorin, den Leser/die Leserin über ... zu informieren.
The 2nd/3rd paragraph contains information on ...	Der zweite/dritte Absatz enthält Informationen über ...
The author quotes an eye-witness/expert who says that ...	Der Autor/Die Autorin zitiert einen Augenzeugen/Experten, der sagt, dass ...
The author describes how ...	Der Verfasser/Die Verfasserin beschreibt, wie ...
The author does not give his/her personal opinion on the topic/problem/question but merely relates facts.	Der Verfasser/Die Verfasserin äußert nicht seine/ihre eigene Meinung zum Sachverhalt/Problem/zu der Frage, sondern gibt Fakten wieder.
The factual style of writing shows that it is the author's aim to inform the reader and not to entertain him/her.	Der sachliche Sprachgebrauch verdeutlicht, dass es das Anliegen des Autors/der Autorin ist, die Leser zu informieren und nicht, sie zu unterhalten.

Visuelle Materialien

Die Schwerpunktthemen im Abitur 2023 umfassen unter anderem auch den Film *Gran Torino*. In der Prüfung und den vorausgehenden Klausuren können Ihnen in den verschiedenen Anforderungsbereichen nicht nur Texte, sondern auch Bildimpulse vorgelegt werden. Um die Aufgaben sowohl zum Film als auch zu den Bildimpulsen sinnvoll bearbeiten zu können, müssen Sie sich mit den verschiedenen Arten von Bildimpulsen und den grundlegenden Begriffen zur Filmanalyse auseinandergesetzt haben.

How to Analyse a Film

Filmarten

Spielfilm	feature film	erzählt meist eine Geschichte (fiktional oder realen Personen oder Ereignissen nachempfunden)
Dokumentar-film	documentary	konzentriert sich auf Fakten, um Informationen zu vermitteln
Werbefilm	commercial	ein kurzer Film, der für ein Produkt oder eine Dienstleistung wirbt. Ziel des Werbefilms ist es, die Menschen in Richtung Kauf zu beeinflussen.

Schritt 1: Basisinformation

- Beschreiben Sie zuerst die Filmart (siehe Tabelle oben).
- Geben Sie Basisinformation zum Film an: **Titel, Regisseur, Produktionsjahr, Herkunftsland, Produzent, Schauspieler, Soundtrack, Thematik.**
  (Gran Torino is a feature film directed by Clint Eastwood and produced in the USA in 2008 …)

Schritt 2: Überblick

- Fassen Sie die die Handlung zusammen und nennen Sie dabei a) Handlungsort und Zeitraum b) Charaktere.
  (The film is an almost old-school parable telling the story of a racist veteran of the Korean War who lives in a troubled Detroit neighbourhood …)

Schritt 3: Filmsequenzen analysieren

- Beschreiben Sie zunächst Ihren **ersten Eindruck** der ausgewählten Sequenz.
  (The film tells a simple yet elegant story, touching complex issues such as racsim in multicultural society, American masculinity and the ambiguity of belonging …)

Beschreibung des ersten Eindrucks	When I first saw the sequence I thought … The scene is shocking/beautiful/tragic because …

– Beschreiben Sie im Folgenden, **worum es in der Szene geht** und wo sie im **Gesamtkontext** steht. Achten Sie dabei auf den **Handlungsverlauf** (Was passiert?), **Handlungsort und -zeit** (Wo und wann findet die Szene statt?), **Charaktere/Darsteller** (Wer ist daran beteiligt?), **Spannungsaufbau** (Wo liegt die Interaktion, der Konflikt?) und **Atmosphäre** (freundlich, hell, düster, bedrohlich ...?)

Situation	The sequence is about ... The sequence reminded me of ...
Zusammenhang im Gesamtkontext	The sequence is set in ... after/before .... The course of action is ... The sequence introduces new characters/their attitudes ... The sequence represents a turning point ...
Handlungsverlauf	It discusses the problem of ... It presents different aspects of .... Suspense is created by/arises from ... The main cause of suspense is ...
Atmosphäre	The atmosphere in this sequence is dark/depressing/scary/serious/terrifying.

– Gehen Sie auf **die Charaktere** ein und achten Sie dabei auf Aussehen und Körpersprache sowie Verhalten und Beziehungen der Charaktere zueinander. Auch die Sprache und die Art der Kommunikation sollte Beachtung finden.

Charaktere	The viewer is introduced to .../ gets to know ... There are three main characters ...	
Aussehen (appearance)	He/She is	wearing clean/dirty/tidy jeans/clothes. ugly, attractive, dangerous, suave, sophisticated.
Verhalten (behaviour)	He appears ... She seems to be ...	*Negative:* aggressive, dangerous, threatening, anxious, dishonest, narrow-minded, rude, shy, dominant. *Positive:* gentle, quiet, brave, honest, open-minded, optimistic, self-confident.

Beziehungen (relationships)	This character represents ... Walt finds himself in a conflict/an inner conflict with ... There is a relationship between ... and ...	
Sprache	His voice is ...	loud/quiet/soft/pleasant.
Kommunikation	There is almost no/very little/a lot of dialogue in this sequence. The character's monologue is about ... There is a dialogue/a heated discussion/a quiet conversation ... about ... between ... and ... The scene presents an important dialogue/a key monologue ...	

- Gehen Sie auf die **Gestaltungselemente** ein und achten Sie dabei auf die Kameraperspektive und -bewegung, Beleuchtung, Schnitt sowie Ton/Musik und Spezialeffekte. Auch wiederkehrende Objekte mit Symbolcharakter sollten Erwähnung finden.

Kameraabstände (camera position and movement)	The scene is shot from ... The director uses ... A/an ... effect is created by using a ... To support dramatic action the director uses ...	Walt's point of view/a high angle/eye-level. a long shot/static shot/over-the-shoulder shot ... in order to show ... a medium shot/close-up/tracking shot. an unsteady, hand-held camera.
Schnitt (cut), Special effects (colour, fast or slow motion, freeze frame) Bildteilung (split screen)	The use of ... The director's use of ... To contrast the characters, the director makes us of ...	slow motion/black and white /intense colour emphasizes ... fast motion/black-and-white/fast cuts/freeze frames stresses ... warm red and cold blue.

Beleuchtung (light)	The use of … The director uses …	back light/semi-darkness/darkness/artificial illumination creates an atmosphere of … low-key lighting/strong light contrasts in order to …
Ton und Musik (sound)	The film music/repeated melody/background noise creates suspense. The sound effects stress the atmosphere. The background noises add to the scene's authenticity.	

How to Describe a Picture

Im Folgenden finden Sie thematisch zusammengefasste und einzelnen Arbeitsschritten zugeordnete Redemittel. Die kursiv gedruckten Begriffe können innerhalb der Formulierungen natürlich ausgetauscht werden.

TIPP zum Punktesammeln

Achten Sie trotz Formulierungsblöcken auf einen natürlichen und authentischen Sprachfluss und wählen Sie Formulierungen, die zu Ihrem persönlichen Schreibstil passen und sich harmonisch einfügen.

Schritt 1: Erster Eindruck

- Beschreiben Sie zunächst die Bildart, die Sie sehen.
  (The picture is an advertisment …)
- Beschreiben Sie kurz, welche Situation das Bild zeigt.
  (The picture is a photograph showing a group of athletes surrounded by armed police offficers.)
- Nennen Sie (wenn angegeben) die Quellen des Bildes (Titel des Bildes, Künstler oder Fotograf, Entstehungsdatum, Veröffentlichungsort, Veröffentlichungsdatum usw.).
  (It was taken by an unknown artist and published in National Geographic.)
- Möglicherweise gibt es auch einen Hinweis bezüglich des Grundes bzw. des Anlasses der Veröffentlichung (z. B. Olympische Spiele, Wahlen, aktuelle Diskussionen).
  (The photograph was published in connection with the Olympic Games in London.)

Beschreibung des ersten Eindrucks	The *picture* gives the impression that ...	Das Bild vermittelt den Eindruck, als ob ...
	When I first saw the *photograph* I thought ...	Als ich das Foto zum ersten Mal sah, dachte ich ...
	The *collage* reminds me of ...	Die Collage erinnert mich an ...
	Looking at the *painting* my first association is ...	Meine erste Assoziation beim Betrachten des Bildes ist ...
Beschreibung der gezeigten Situation	The *photograph* shows ...	Das Foto zeigt ...
	This is a *painting* showing a typical scene ...	Das Bild zeigt eine typische Szene ...
	This *digital image* illustrates ...	Dieses digitale Bild zeigt ...
	This is a still *(from the film ...)* showing the situation in which ...	Dies ist ein Standfoto (aus dem Film), welches zeigt, ...
	In this *illustration* you can see that ...	Auf dieser Abbildung kann man sehen, dass ...

Schritt 2: Beschreibung des Bildes

Verwenden Sie bei der Bildbeschreibung stets das *present tense*. Wenn Sie beschreiben, wen oder was Sie auf einem Bild sehen, verwenden Sie das *simple present*.
Beispiel: *In the foreground there* ***is*** *a group of people.*
Wenn Sie aber beschreiben, was die Person im Bild gerade tut, verwenden Sie das *present progressive/present continuous.*
Beispiel: *They* ***are sitting*** *around a table.*

Betrachten Sie das Bild genau und wählen Sie je nach Art des Bildes eine der beiden nachfolgend beschriebenen Methoden zur Beschreibung. Beantworten Sie bei der Beschreibung möglichst die W-Fragen „Wer?" „Wo?", „Was?".
Zeigt das Bild eine markante Situation, wie z. B. eine Person in einem Raum oder ein Gebäude in einer Landschaft, dann beginnen Sie mit der detaillierten Beschreibung eben dieses Hauptaspekts im Vordergrund. Danach befassen Sie sich mit der Beschreibung des Hintergrundes.
Besteht keine ersichtliche Dominanz einer Person oder eines Gegenstandes, dann empfiehlt es sich, mit einer Beschreibungsrichtung zu arbeiten, das heißt, Sie arbeiten sich von links nach rechts oder von oben nach unten oder umgekehrt vor.

Beschreibung der Anordnung von Objekten oder Personen auf dem Bild	In the foreground/In the centre *you can find ...*	Im Vordergrund/im Zentrum ...
	At the top *there is ...*	Oben befindet sich ...
	At the bottom *there is ...*	Unten befindet sich ...
	In the upper right hand corner *you can see ...*	In der oberen rechten Ecke ...
	On the left hand side ... *can be found ...*	Auf der linken Seite ...
	In the lower left hand corner *the viewer finds ...*	In der unteren linken Ecke ...
	In the background ... *can be seen ...*	Im Hintergrund ...
Beschreibung der Bildart	The picture is a(n) ...	... photograph/painting/ digital image/advertisement/ cartoon/film still/chart

Legen Sie Wert auf die Beschreibung der **Körpersprache**:

- Gestik *(engl.: gestures)*,
- Mimik *(engl.: facial expression)*,
- Körperhaltung *(engl.: posture)*,
- Ausdruck *(engl.: expression)*.

Beschreibung der Gestik, Mimik, Körpersprache	The person's body language indicates that he/she is ...	... in pain/self-confident/ scared/insecure/helpless/ enjoying himself/herself ...
	From his/her facial expression you could conclude that ...	... he/she is ... amazed/ frightened/annoyed/calm/ happy ...

Nennen Sie die Techniken, die der Künstler verwendet. Beschreiben Sie den Einsatz von Licht und Schatten. Gibt es verschwommene, unscharfe Zonen? Wie wird Farbe eingesetzt?

Beschreibung der künstlerischen Techniken	The colours are ... bright/dark/soft/intensive/black and white.
	The photograph is ... clear/blurred/not in focus/not well lit/ full of contrast.
	The artist used ... oils/watercolours/crayons.
	The technique of using ... light brush strokes/only outlines/a mix of material ... creates ...
	The photographer used ... a close up/a soft focus/a sharp focus ... to stress ...

Beschreibung der Atmosphäre	This creates ... cosy/friendly/warm/lively/peaceful ... atmosphere.
	The atmosphere is ... dark/depressing/scary/serious/terrifying ...
	These factors contribute to the atmosphere being ... exotic/hectic/mysterious/confusing ...
	The ... *(siehe künstlerische Techniken)* in the photo convey(s) an atmosphere of great happiness/sadness/confusion ...

Schritt 3: Die Beschriftung

Beachten Sie Unterschriften *(engl.: caption)*, Überschriften *(engl.: heading)* oder Titel *(engl.: title)* und bringen Sie diese in klaren Bezug zum Dargestellten.

Schritt 4: Analyse, Interpretation und Intention

Bei der Bildanalyse und der Bildinterpretation greifen Sie die Informationen, die Sie durch die Bildbeschreibung gewonnen haben, auf und verwerten diese. Das heißt, Sie ziehen Schlussfolgerungen aus dem Beschriebenen bezüglich der Intention (Absicht; *engl.: intention)* des Künstlers und bilden sich abschließend eine persönliche Meinung (s. Schritt 5, S. 142) über das Bild, die Sie überzeugend begründen.

Schließen Sie an Ihre vorangegangenen Betrachtungen die Schlussfolgerungen an. Folgende Fragen können hierbei richtungweisend sein:
- In welcher Beziehung stehen die Menschen auf dem Bild zueinander? Welche Interpretationen lassen die Körperhaltung, Mimik und Gestik der Personen zu und was ist die Botschaft dahinter? Werden die Personen positiv, negativ oder neutral dargestellt?
- Bezieht sich das Bild auf etwas Bestimmtes? (historisches Ereignis, soziale Fragestellung, politische Entwicklung ...)
- Welchen Eindruck versucht das Bild zu vermitteln? Was soll dem Betrachter suggeriert werden?
- Was ist die Absicht des Künstlers oder der Künstlerin? Welche Botschaft möchte er/sie vermitteln und was soll dadurch bewirkt oder erreicht werden?
- Gibt es eine Zielgruppe *(engl.: target group)* und wenn ja, welche?

Interpretation und Intention	The collage suggests ...
	The painting gives you the impression that ...
	The photograph arouses feelings of ...
	Considering the facial expression you could conclude that ...
	From the look of the woman, you can assume that ...
	The artist wants to express his/her approval/disapproval of ...
	The artist wants to illustrate the problem of ...
	Perhaps his/her intention is to show ...
	The illustration is aimed at ...
	The photograph targets mainly ...
	... are the target group.

Schritt 5: Wirkung und persönliche Meinung

Im abschließenden Teil der Bildanalyse beschreiben Sie die Wirkung, die das Bild auf Sie hat, und Ihre persönliche Meinung und begründen diese.

Wirkung und persönliche Meinung	In my opinion the painting is meant to ...
	The impression I get from this illustration is that ...
	The painting makes me feel ...
	The collage is ... shocking/brilliant/terrifying/impressive/depressing/amusing ...
	To my mind it would be better/clearer/more impressive ... if the artist had used more/less ...
	It touches/moves me.
	It does not appeal to me.
	It leaves me cold.
	I like/dislike it because ...
	In conclusion I can say ...

How to Describe a Cartoon

Eine besondere Form des Bildes ist die **Karikatur** *(engl.: **cartoon**)*. Zumeist besteht eine Karikatur aus einem Bild oder einer Skizze und einem kurzen Text, der entweder in Form von Sprechblasen *(engl.: speech bubble)* oder Beschilderungen *(engl.: label)* im Bild integriert sein kann oder als Bildunterschrift *(engl.: caption)* in Erscheinung tritt. Karikaturen sind satirische Darstellungen von Personen oder Situationen. Ziel ist es, durch Übertreibung und Verformung gesellschaftliche Zustände, Institutionen oder Persönlichkeiten kritisch darzustellen.

Häufige Stilmittel

- **exaggeration** (dt.: Übertreibung)
  Eigenschaften werden überzogen und überspitzt dargestellt.
  Beispiel: *The artist chose to reduce President Sarkozy's height to that of a child, whereas President Obama's height is drastically increased, thus stressing the difference in strength by exaggerating their physical appearance.*
- **irony** (dt.: Ironie)
  Das Gegenteil des Gesagten ist gemeint.
- **pun** (dt.: Wortspiel)
  Wörter werden verdreht und Doppel- oder Mehrdeutigkeiten bewusst eingesetzt.
- **simile** (dt.: Vergleich)
  Der direkte Vergleich zwischen zwei Dingen, in dem „like" oder „as" verwendet wird, um sie in Beziehung zu setzen.
  Beispiel: *She was as light as a feather.*
- **symbol** (dt.: Symbol)
  Auf etwas Abstraktes wird durch etwas Konkretes verwiesen.
  Beispiel: *The young man is holding a globe, a symbol of globalization, in his hand.*

Die Cartoon-Analyse gliedert sich ebenfalls in vier Schritte und ist ähnlich aufgebaut wie die Bildbeschreibung/Bildanalyse. Redemittel aus dem Bereich Bildbeschreibung und Analyse können für eine Cartoon-Analyse übernommen und entsprechend angepasst werden. Im Folgenden sind zusätzliche und spezifische Redemittel aufgelistet.

Schritt 1: Beschreibung der Karikatur

Es gibt verschiedene Arten von Karikaturen:
- Karikaturen, die aus einem Bild und einer entsprechenden Unterschrift unter dem Bild bestehen, werden ***single-panel cartoon*** genannt.
- Karikaturen, die ähnlich einem Comic aus einer inhaltlich verbundenen Serie von Illustrationen bestehen, werden ***comic strip*** genannt.
- Karikaturen, die in Zusammenhang mit einem (Leit-)Artikel stehen, werden ***editorial cartoon*** genannt und sind häufig ernster in Ton und Thematik als die oben genannten. Metaphern *(engl.: metaphors)* und Ironie *(engl.: irony)* werden eingesetzt, um soziale oder politische Situationen oder Zustände satirisch darzustellen *(engl.: to satirize)*.

Beschreibung der Karikatur	The cartoon consists of an illustration/a single panel/two panels showing ...
	The comic strip shows ...
	There is a caption/speech bubble containing quotation marks enclosing the following: ...
	The caption below the cartoon says: "..."
	There is a caption which reads: "..."
	In the first speech bubble it says: "..."
	The text in the speech bubble is spoken by ...

Die Aussagen in den Sprechblasen können auch in indirekter Rede wiedergegeben werden.
Beispiele: *In the first speech bubble it says "Could I perhaps borrow that buggy? I'd look so multi-taskable!"*
The younger woman is asking if she could perhaps borrow the buggy to appear more "multi-taskable" meaning more attractive due to her multi-tasking abilities.

Schritt 2: Interpretation/Analyse der Karikatur

Bei der Analyse der Karikatur ist es wichtig, folgende Fragen in Betracht zu ziehen:

Setting – Zusammenhang
- In welchen räumlichen und zeitlichen Kontext ist die Karikatur zu setzen?
- In welchem Zusammenhang steht die Karikatur thematisch?

Characters – Figuren
- Welche Aktionen und Gefühle werden durch die Körpersprache *(engl.: to communicate through body language)* der Personen zum Ausdruck gebracht?
- Welche Gefühle werden durch Mimik *(engl.: facial expression)* zum Ausdruck gebracht?
- Was wird anhand der Körpersprache hinsichtlich der Beziehung zwischen den Personen angedeutet oder suggeriert?

Action – Ereignisse
- Was geschieht gerade?
- Wie wird das Geschehen dargestellt?

Language – Sprache
- Welches Sprachregister wird verwendet? Was wird tatsächlich gesagt?
- Inwiefern wird Interpunktion verwendet, um Emotionen zu suggerieren?

Stereotypes and Symbols – Klischees und Symbole
- Verwendet der Cartoonist/der Künstler Klischees *(engl.: stereotypes)*?
- Verwendet der Cartoonist/der Künstler Symbole, um etwas anderes zu repräsentieren?

Interpretation und Analyse	The cartoon refers to/deals with ...
	The topic of the cartoon is ...
	The figure bears a likeness to ...
	The figure is a caricature of ...
	The cartoonist exaggerates character traits by ...
	The person's body language conveys/shows that ...
	The person's formal language hints at ...
	From his/ her facial expression you can conclude that ...
	... symbolizes/stands for/is a symbol of ...

Schritt 3: Botschaft und persönliche Meinung

In diesem Schritt ist es ratsam, sich nochmals auf die politischen und sozialen Umstände zu besinnen, in deren Kontext die Karikatur zu verstehen ist. Möglicherweise besteht die Aufgabe auch darin, die Karikatur in Bezug zum Text der Prüfung zu setzen. Versuchen Sie dann, die Botschaft und die Absicht des Karikaturisten/der Karikaturistin darzulegen. Abschließend werten Sie die Karikatur hinsichtlich Wirkung und Effekt.

Botschaft der Karikatur	The cartoonist is making a sarcastic comment on ...
	He/She is making fun of ...
	He/She wants to ridicule (dt.: lächerlich machen) ...
	The artist is criticizing the behaviour of ...
	Perhaps the intention of the cartoonist is to show that ...
	The artist's point seems to be ...
	Probably he/she wants to reveal what is behind ...
	He/She wants to make the reader aware of ...
	The real point the cartoon is making seems to be ...

Darlegung der persönlichen Meinung	In my opinion, the cartoonist is successful/not successful in ...
	his/her portrayal of ... because ...
	his/her portrait of ... because ...
	his/her presentation of ... because ...
	his/her intention of ... because ...
	The cartoon is effective/not effective in its presentation/ intention/portrayal of ... because ...
	In conclusion, I do feel touched/don't feel touched by the cartoon because ...
	From my point of view, the cartoon is not easy to understand because ...

Informationen zur Sprachmittlung

Ziel der Sprachmittlungsaufgabe ist die Überführung eines Inhalts von einer Ausgangssprache (Deutsch) in eine Zielsprache (Englisch). Es ist wichtig zu beachten, dass hierbei keine Übersetzung erwartet wird, sondern die sinngemäße Übertragung bestimmter Informationen eines Textes.

Wichtige Fertigkeiten zur Bewältigung einer Mediationsaufgabe

1) In Bezug auf den Ausgangstext sollten Sie die Methoden *skimming* und *scanning* sowie Markierungstechniken anwenden können.
2) In Bezug auf den Zieltext erfordert die Sprachmittlung einen souveränen Umgang mit der englischen Sprache, sodass Ausdrücke und idiomatische Redewendung nicht wörtlich übernommen, sondern in korrektes und dem Kontext entsprechendes Englisch umgesetzt werden.
3) Sie sollten Wichtiges von Unwichtigem unterscheiden können und sowohl inhaltliche als auch sprachliche Vereinfachungsstrategien anwenden können.
4) Eine weitere Voraussetzung ist ein gewisses Ausmaß an soziokultureller Kompetenz, das heißt, dass Sie erkennen, was ein Sprecher der anderen Sprache aus kultureller Sicht nicht wissen kann und was ihm somit erklärt werden muss. (Beispiel: *„Spiegel online" is a political magazine in Germany ...).*
5) Es ist empfehlenswert, sich intensiv mit *connectives* sowie Redemitteln und Idiomen auseinanderzusetzen (siehe ab Seite 22).

Analyse des Ausgangstextes

Folgende Aspekte sollten bei der Analyse des Ausgangstextes berücksichtigt werden:

1. Bei Sachtexten als Ausgangstext:

Aus wessen Sicht ist der Ausgangstext geschrieben? Wer „spricht"?
Was ist die Aussage des Ausgangstextes/Sprechers?
Was ist die Absicht der Autoren?
Warum wurde der Text geschrieben?
Was ist der Zweck des Textes?

2. Bei literarischen Texten als Ausgangstext:

Wer sind die Protagonisten?
Wie können sie charakterisiert werden?
Wie interagieren/reagieren sie?
Was ist das Hauptthema des Textes?
Wie ist die Atmosphäre?

3. Die Aufgabestellung:

Welche Rolle spielen Sie?
Für wen schreiben Sie Ihren Text?
Warum sollen Sie diesen Text schreiben? Was sind die Umstände?
Was ist das Ziel?
Welche Textform ist gewünscht?

Beispiel: *During his stay in Germany, your American exchange partner was surprised about the way German schools handle security issues, especially since he is used to very intense security checks, including metal detectors and armed guards in his High School in New York City. After his return to the US he contacted you asking for your help in a presentation he has to give on his stay in Germany. He wants to inform his fellow students how school security and surveillance are discussed in Germany. You have found this article in "Spiegel online". Write an e-mail to your friend conveying the gist of this article.*

Ihre Rolle:	Austauschpartner des amerikanischen Schülers
Adressat:	Ihr amerikanischer Austauschschüler
Thema:	Argumente bezüglich Überwachungs- und Sicherheitsmaßnahmen an Schulen in Deutschland
Kontext:	1. Ihr Austauschschüler war überrascht über den Umgang mit Sicherheit an der deutschen Schule im Vergleich zu seiner Schule in den USA.
	2. Im Rahmen einer Präsentation über seinen Aufenthalt in Deutschland möchte er seine Mitschüler und Mitschülerinnen über die Diskussion zum Thema in Deutschland informieren.
Zieltextformat:	E-Mail
Sprache:	gepflegtes Englisch, aber nicht förmlich, da Sie an Ihren amerikanischen Freund schreiben

Vorgehensweise – Schritt für Schritt

Die folgende Arbeitsweise hilft Ihnen, die Mediation zu meistern.

1. Lesen Sie die Aufgabenstellung sorgfältig und notieren Sie, welche Information Sie dem Ausgangstext laut Aufgabenstellung entnehmen sollen (siehe oben). Sie müssen also für die Aufgabe wesentliche Informationen von irrelevanten Informationen unterscheiden können. Finden Sie Schlüsselbegriffe.

2. Arbeiten Sie den Text Absatz für Absatz durch und markieren Sie die wesentlichen Sätze und Passagen (gemäß Aufgabenstellung).
   Weglassen können Sie:
   - Information, die nicht zum Verständnis beiträgt (z. B. Beispiele, Anekdoten, persönliche Erfahrungen des Autoren)
   - Detailinformationen
   - Wiederholungen.

   Ordnen Sie die gefunden Schlüsselbegriffe entsprechend und überprüfen Sie (am besten, indem Sie die Aufgabe nochmals lesen), ob Sie noch etwas hinzufügen oder weglassen können.

3. Schreiben Sie Ihren englischen Text gemäß dem erforderten Kontext und Adressaten.
   Achten Sie ...
   - auf Ihre Rolle, gemäß der Aufgabenstellung.
   - darauf, das entsprechende Sprachregister zu wählen.
   - auf den Zweck Ihres Textes (sollen Sie informieren, kritisieren, erklären ...?).
   - die formalen Details des erforderlichen Textformats (bei E-Mail: Grußformeln ...).

   Lesen Sie Ihren Text nochmals durch und verfeinern Sie Sprachfluss und Sprachregister durch Redemittel.

4. Überprüfen Sie, ob ...
   - Ihr Text dem erforderten Kontext entspricht und korrekt „adressiert“ ist.
   - Sie alle markierten Textteile schriftlich erfasst haben.
   - Sie Information wiederholt haben.
   - Sie die Details zum Textformat bedacht haben.
   - Ihr Text klar aufgebaut und strukturiert ist.
   - Ihr Text zusammenhängend und flüssig ist.
   - Sie die grammatikalischen Zeiten korrekt verwendet haben.
   - die Rechtschreibung korrekt ist.

Beispiele für Prüfungsaufgaben

Trainingsaufgaben

Aufgaben zum Hörverstehen (Prüfungsteil A I)

Tipps und Informationen

Das Hörverstehen ist für das Leistungsfach der erste Teil der schriftlichen Abiturprüfung. Bei den Hörverstehensklausuren handelt es sich um authentisches Audiomaterial aus dem englischsprachigen Raum.
Bitte bedenken Sie, dass Sie nun den Hörverstehensteil direkt vor dem Teil II Leseverstehen lösen. Bisher galt für den Ablauf des Hörverstehensteils:
In der Klausur hören Sie die Aufzeichnung insgesamt zweimal. Die Dauer des Beitrags liegt normalerweise zwischen vier und sechs Minuten. Sie sollten vor dem ersten Hören die Aufgabenblätter bereits vor sich liegen haben, durchgelesen haben und schwierige Formulierungen und Wörter mit Hilfe des *dictionary* bearbeitet haben.
Ebenfalls bewährt hat sich das Ausfüllen und Ankreuzen der Aufgaben mit Bleistift im ersten Durchlauf. So können Sie nach dem ersten Hören eintragen und ankreuzen und nach dem zweiten Hören noch Korrekturen vornehmen.

Eine gute Übung kann auch sein, sich selbst Hörverstehenstexte (zum Beispiel www.bbc.co.ok/sounds/play) zu einem Gebiet anzuhören und dazu Fragen aufzuschreiben. Die Dauer kann zwischen 2 und 6 Minuten liegen. Im Abitur hören Sie den Text zweimal. Im zweiten Durchgang beantworten Sie selbst oder ihr Trainingspartner die Fragen.

Beispielaufgabe 1: *Mum's cooking makes jobs*

You can listen to the audio file twice.[1]

Quelle: https://www.bbc.co.uk/sounds/play/p018zgpl (accessed 30.04.2021)

AUFGABENSTELLUNG

You will hear a radio programme dealing with the topic of Asians in Britain.
You can listen to the recording twice. Read the tasks before listening to the recording. Finalize your answers while listening for a second time.

Task 1:

Complete the sentences.
You do not have to write complete sentences. There is an example (0).

[1] Den Audiotext können Sie auf der Seite von finaleonline.de anhören. Geben Sie dazu den Code von Seite 2 in diesem Buch ein.

0	The speaker's mother has always wanted to start a food business but did not do it because of … (Give two examples)	a) lack of confidence b) lack of formal qualifications (and language barriers)
1	Things started to change when the speaker … (Give two examples)	a) b)
2	Together with some friends, the idea of home delivery made him …	
3	In the South Asian community, after the children have left the house, women consider themselves …	
4	Women of these ethnic minority backgrounds are not usually found in the statistics and do not claim …	
5	They are so scared that they lack everything, so they do not even start …	
6	Irene motivated herself to be a part of 'Mummy's Cooking' because she thought she … (Give two examples)	a) b)
7	How she was going to be perceived was something that she at first …	
8	That training would be for young people only is what Irene considered … at first.	

Task 2

True or false? Tick the correct box. **true** **false**

1. In the South Asian community, older women consider themselves unable to find work. ☐ ☐
2. Unemployment is rising especially among women of ethnic minority backgrounds. ☐ ☐
3. The fear of failing is one reason why Irene lacked confidence. ☐ ☐

Lösungen

Task 1

1. a) was studying at university
   b) had to eat bad food there
2. found a company with friends
3. too old
4. unemployment benefit
5. the process of getting benefit
6. a) was a good candidate
   b) could be independent
7. feared
8. a barrier

Task 2

1. true
2. true
3. false

Beispielaufgabe 2: *Climate change*

Im folgenden finden Sie eine anspruchsvolle Übungsaufgabe. Scheuen Sie sich nicht, den Text mehrfach zu hören, um die erforderlichen Antworten zu finden.

Quelle: https://www.npr.org/2022/02/28/1083580995/some-effects-of-climate-change-are-irreversible-but-theres-still-hope (accessed 30.04.2022)

Task 1

Match the statements to the speakers.

Speaker	Statement no.
A Mr Shapiro	
B Mr O'Neil	
C Mr Guterres	

1. ... believes that we have failed to address climate related issues effectively.
2. ... states that fatalities and destruction are finally being related to climate change.
3. ... favours the future conclusion that 1.5 degrees is hard to achieve even if it is technically possible.

Task 2

Complete the sentences.

1. Even if we limit climate warming to 1.5 degrees, we ...
2. Due to climate change, poverty ...
3. Food insecure situations result in ...

Task 3

Tick the correct solution.

In order to protect those who will suffer most ...

a) we have to develop more climate-specific adaptions. ☐
b) understanding the evidence we are dealing with is most important. ☐
c) it is important to decide on actions from the given evidence and improve living conditions. ☐

Lösungen

Task 1

Speaker	Statement no.
A Mr Shapiro	2
B Mr O'Neil	3
C Mr Guterres	1

Task 2

1. Even if we limit climate warming to 1.5 degrees we should be prepared for more warming.
2. Due to climate change poverty will increase massively.
3. Food insecure situations result in people facing malnutrition and starvation.

Task 3

c) In order to protect those who will suffer most, it is important to decide on actions from the given evidence and improve living conditions.

Im Folgenden finden Sie Trainingsaufgaben zu den verschiedenen Aufgabenformaten, die Ihnen nach dem Hörverstehen gestellt werden können.
Es ist empfehlenswert, nicht nur das Lösen der Aufgaben zu trainieren, sondern auch Ihr Zeitmanagement für die Prüfung selbst zu optimieren. Dazu können Sie sich aus den verschiedenen Aufgabentypen jeweils eine Aufgabe auswählen und dann versuchen, Ihre so zusammengestellte Prüfungsklausur in 210 Minuten zu absolvieren.

Aufgaben zum Leseverstehen (Prüfungsteil A II)

Aufgabe 1: Sachtext/Politische Rede

AUFGABENSTELLUNG

1. Read the text and tick the statement that sums up its main idea.
2. Fill in the table below and match the points a) – i) with either completed achievements or ongoing challenges for women mentioned by the speaker. There are two more points in this list than are needed.
3. Read the statements below expressing the speaker's attitude and her intentions. Tick the correct statement.

Materialgrundlage

Kamala Harris, "Remarks by Vice President Kamala Harris As Delivered to the Commission on the Status of Women", March 16, 2021 (speech held at the UN commission) https://www.whitehouse.gov/briefing-room/speeches-remarks/2021/03/16/pre-taped-remarks-by-vice-president-kamala-harris-as-delivered-to-the-commission-on-the-status-of-women/ (accessed 18.03.2022)

Remarks by Vice President Kamala Harris As Delivered to the Commission on the Status of Women *Kamala Harris*

Mr. Secretary-General, Mr. Chairperson of the Commission, Madam Executive Director, Distinguished Ministers, Excellencies, civil society members – it is an honor to address this esteemed commission.

Since 1947, this commission has documented the realities women face, shaped global standards on women's rights, and stood for gender equality.

That work is as urgent now as it was at the start.

On behalf of the United States, thank you.

This year, in considering the status of women, especially as it pertains to the participation of women in decision-making, we must also consider the status of democracy.

At its best, democracy protects human rights, promotes human dignity, and upholds the rule of law.

It is a means to establish peace and shared prosperity. It should ensure every citizen – regardless of gender – has an equal voice.

And free and fair elections that will respect the will of the people.

At the same time, democracy requires constant vigilance, constant improvement.

It is a work-in-progress.

And today, we know that democracy is increasingly under great strain.

For 15 consecutive years, we have seen a troubling decline in freedom around the globe.

In fact, experts believe that this past year was the worst on record for the global deterioration of democracy and freedom.

So, even as we confront a global health crisis and an economic crisis, it is critical that we continue to defend democracy.

To that end, the United States is strengthening our engagement with the United Nations and the broader multilateral system.

We are also rejoining the Human Rights Council.

Because we know the status of democracy depends on our collective commitment to those values articulated in the Universal Declaration of Human Rights.

The status of democracy also depends fundamentally on the empowerment of women.

Not only because the exclusion of women in decision-making is a marker of a flawed democracy, but because the participation of women strengthens democracy.

And that's true everywhere.

Looking around the world, I am inspired by the progress that is being made.

And I am proud to report that, while the United States still has work to do, we, too, are making progress – and that women strengthen our democracy everyday.

In every presidential election for the last 56 years, in the United States, more women have voted than men.

More women than ever before serve in the United States Congress.

More women than ever before are their family's breadwinner.

And just last week, the President nominated two women to take the helm of two of our 11 combatant commands.

Women in the United States lead our local, state, and national governments, make major decisions regarding our nation's security, and drive major growth in our economy.

These are signs of progress. These are signs of strength.

But, friends, we cannot take this progress for granted.

Especially now.

COVID-19 has threatened the economic security, the physical security, and the health of women everywhere.

As women struggle to get the healthcare they need, the pandemic appears to be reversing the global gains we've made in the fights against HIV/AIDS, tuberculosis, malaria, malnutrition, and maternal and child mortality.

That's why, on the first day of our Administration, the United States re-engaged as a member state and leader in the World Health Organization.

And we are revitalizing our partnership with UN Women, to help empower women worldwide.

Here's the truth:

When women face obstacles to obtaining quality healthcare ...

When women face food insecurity ...

When women are more likely to live in poverty, and therefore disproportionately impacted by climate change ...

More vulnerable to gender-based violence, and therefore disproportionately impacted by conflict ...

Well it's harder for women to fully participate in decision-making.

Which, in turn, makes it that much harder for democracies to thrive.

Eleanor Roosevelt, who shaped the Universal Declaration on Human Rights, once said, "Without equality, there can be no democracy."

In other words, the status of women is the status of democracy.

For our part, the United States will work to improve both.

We are committed to upholding the democratic values embedded in the Declaration.

And we firmly believe that, when we work together globally, we can achieve the vision within it.

We look forward to partnering with all of you in the days and years ahead.

Thank you.

(704 words)

Reading Comprehension

1. Read the text and tick the statement that sums up its main idea.

a) America's economic future depends on equality. ☐
b) Equality and democracy are closely linked. ☐
c) Women need to take a more active role in decision making. ☐
d) The status of equality has not improved since 1947. ☐

2. Fill in the table below and match the points a) – i) with either completed achievements or ongoing challenges for women mentioned by the speaker. There are two more points in this list than are needed.

a) There have been more female voters than male voters for the last 56 years.
b) Women still face insecurity in feeding their families.
c) Obtaining quality healthcare is an ongoing challenge for women.
d) Women hold positions of leadership in the armed forces.
e) Climate change has a stronger impact on woman since they are more likely to be impoverished.
f) Currently more women than before serve in the United States Congress.
g) There are numerous women in leading and decision-making positions on political and economic boards.
h) Women still face prejudice when it comes to career options.
i) Gender-based violence is still a major threat for women and conflict holds greater danger for them.

Achievements	**Challenges**
...	...

3. Read the statements below expressing the speaker's attitude and her intentions. Tick the correct statement.

The speaker ...

a) is convinced that ... ☐
b) doubts that ... ☐
c) criticizes that ... ☐

the status of democracy is inseparable from the empowerment of women.

The speaker makes use of personal pronouns starting with "we", "us" and "our" and ending with "you" in order to ...

a) form an increasingly personal relationship with the audience. ☐
b) stress the fact that the challenge of maintaining democracy and increasing equality should be important to speaker and audience. ☐
c) increase the emotional urgency of her message. ☐

By repeating the phrase "When women ..." the speaker ...

a) addresses the issue of equality and democracy. ☐
b) emphazises the need to work on equality. ☐
c) ridicules the need to work on equality. ☐

Lösungen

1. b)
2. achievements: a), d), f) , g)
   challenges: b) c) i)
3. The speaker is convinced that the status of democracy is inseparable from the empowerment of women.
   The speaker makes use of personal pronouns starting with "we", "us" and "our" and ending with you in order to stress the fact that the challenge of maintaining democracy and increasing equality should be important to speaker and audience.
   By repeating the phrase "When women..." the speaker emphasizes the need to work on equality.

Aufgabe 2: Sachtext/Politischer Zeitungsartikel

Materialgrundlage

Emilio DeGrazia: "Our American Nightmare: Detroit", in: *Twin cities: Daily Planet, Twin Cities Enterprise* 11. April 2013
https://www.tcdailyplanet.net/our-american-nightmare-detroit/ (last accessed: 30.04.2022)

TIPP

Dieser Text über Detroit passt gut zum Schwerpunktthema "Gran Torino".

"Our American Nightmare: Detroit" *Emilio DeGrazia*

[...]

I'll risk being denounced as anti-American here by suggesting that the American Dream has a tragic flaw that has made a nightmare of Detroit. Central to this American Dream narrative we are routinely fed at school, at work, and through the media is that America is the land of boundless opportunity. We keep repeating the myth that everyone can succeed here if they work hard enough. That they can do it on their own. That losers are losers because they're little engines that didn't try hard enough.

Tell that silly tale to a single mother with three kids and no money to pay the rent or heat. Tell it to an unemployed father whose unemployed son wanders the streets, angry and depressed. Tell it to the teenaged girls who refuse to go to school because they're afraid of what might happen there. Tell it to the thousands of Detroiters who don't go to doctors because they have no health insurance, and often no doctor willing to spend ten minutes with them.

Tell them with a straight face that they'll succeed if they try harder, without asking for help. Convince them they won't be shamed by asking for help.

That we all should be hard-working little engines is a nice idea, necessary for teachers and parents to repeat as they try to inspire individuals to live up to their potential, and also useful to successful types who feel a need to congratulate themselves. But it is not a credible groundwork for public discourse or public policy. At the core of the American Dream narrative is its tragic flaw, a cancerous radical individualism that expresses itself politically on both the right and left, especially among libertarians. The cancer lurks in one of our favorite words – "freedom" – repeated like a meaningless mantra, drearily by preachers and politicians. The American Dream fiction claims that an individual alone is responsible for his or her fate, and that the individual is "free to choose" this fate. An individual's failure, a whole city's failure, is not to be explained in terms of a failing economy, or Wall Street greed, or mismanagement of its major industries, or corrupt politicians, or drug users outside Detroit's city limits who enable those trapped inside to participate in the city's alternative and illegal economy. And certainly nobody wants to hear anyone explain Detroit's problems in terms of race. [...]

The American Dream fiction, like the steady diet of melodramas we're routinely fed by Hollywood, has good guys and bad. The moral of this simplistic story is that those who make it are good, and those who don't are bad and deserve to lose. What's wrong with them?

It's this flawed narrative, widespread and profound in the many who live outside our Detroits, and invoked by those who do great damage from outside, that makes victims of so many Detroiters. What we as outsiders don't see is that we're victims too of the American Dream story we routinely tell ourselves. We have plenty of technical expertise, a lot of knowledge of systems, hoards of wealth, and, I think, a profound need for the gratification that comes from collective response tied to worthwhile purposes. Detroit, its many versions throughout the U.S., will require us to pay and pay and pay for our collective failure to respond.

ASSIGNMENTS

1. Tick the correct answer and provide a quotation from the text.
   Pupils hear all about ...

a) the fact that the media promote the American Dream. ☐
b) the flaws of the American Dream. ☐
c) how it is your own fault if you don't succeed. ☐

2. Complete the sentence in your own words.
   When it comes to Detroit the actual failure was ...

   ____

3. Complete the table. You may quote from the text or use your own words.
   Which factors mentioned in the text belong to ...

The myth of the American Dream	Detroit's failure

4. What is the main message of the text?

Lösungen

1. b) Quotations from the text:
   Central to this American Dream narrative we are routinely fed at school ... (ll. 5–7)
   That losers are losers because they're little engines that didn't try hard enough. (ll. 12–13)
2. When it comes to Detroit the actual failure was ...
   not an individual's fault but the result of mismanagement of major industries, corruption, a failing economy and unresolved racial issues. *oder:*
   to be found within economical and political decisions.

3.

The myth of the American Dream	Detroit's failure
– America is the land of boundless opportunity. – Everyone can succeed here if they work hard enough. – They can do it on their own. – Losers are losers because they're little engines that didn't try hard enough. – An individual alone is responsible for his or her fate. – The individual is "free to choose" his/her fate.	– America not being the land of boundless opportunity any longer. – a failing economy – Wall Street greed – mismanagement of its major industries – corrupt politicians – drug users outside Detroit's city limits who enable those trapped inside to participate in the city's alternative and illegal economy – racial tension (Detroit's problems in terms of race)

4. The fact that the American Dream did not work out for Detroit citizens is not their own doing but has its roots in politics and mismanagement.

Aufgaben zu visuellen Materialien

Cartoon: *Gun control*

AUFGABENSTELLUNG

Decribe and interpret the following cartoon. Comment on its message in about 200 words.

Quelle: Bill Bramhall/ Getty Images

Erwartungshorizont

Folgende Aspekte sollten berücksichtigt sein:
Topic: controversial discussion of gun control in the USA

Description:
- One panel, just showing an exaggeratedly naturalistic drawing of a machine gun
- Headline: Gun control
- Caption: an order or regulation stating places and institutions to which the use of such a gun is restricted: movie theaters, shopping malls, high schools, universities ...

Analysis:
- Shows sharp contrast between expectations connected aroused by to the headline and the content of the caption below the drawing. While the term gun control suggests a (total) ban of firearms and the prohibition of lethal weapons, the caption below reads like a dogs-not-allowed-in-here warning, telling people to use such an assault weapon (only) in places where you would not expect anyone to carry a gun. In combination with the drawing of the machine gun, this creates a shock.
- The drawing of the machine gun highlights its intimidating qualities. Almost certainly, everybody would feel more comfortable if the use of such a gun wasn't merely restricted to the sort of place mentioned in the caption but was completely banned.

Evaluation (background knowledge from class)
- Gun control is one of the most controversially discussed issues in the USA.
- Despite several mass murders e.g. in places named in the caption (movie theaters, shopping malls, high schools, universities), the right to bear arms, which is laid down in the Second Amendment to the American Constitution, still remains unaffected.
- Confronting the martial picture of the machine gun with the cynical warning shows the futility of attempting to modify the Second Amendment rather than abolishing it as outdated, making the cartoon very effective.

Aufgaben zu Composition (Aufgabenteil A III.2)

Sachtext/Politischer Zeitungsartikel

AUFGABENSTELLUNG

Evaluate the initial statement given in the title by discussing the author's point of view. *(Discuss)*

Materialgrundlage

Jean Guerrero: "I used to be confused by my mixed identity. But mixedness will heal America", *The Guardian*, 28.10.2020; https://www.theguardian.com/commentisfree/2020/oct/28/i-used-to-be-confused-by-my-mixed-identity-but-mixedness-will-heal-america? (last accessed: 22 April 2022)

I used to be confused by my mixed identity. But mixedness will heal America *Jean Guerrero*

Multiculturalism doesn't threaten civilization; it threatens extremism. As the US grows more mixed, it will grow more empathetic

Whenever I misbehaved as a child, my Puerto Rican abuela[1] blamed the Mexican in me. [...] I did not know what I was. You're American, my mother said. You're not Mexican. You're not Puerto Rican. You're American.

We lived near the border in San Diego, California. She wanted me to feel I belonged in this country – a sense she'd been repeatedly denied. [...]

"I'm a doctor and a US citizen", she told the US customs officers who threatened to slice open her car seats in search of drugs when she was returning after a trip to Tijuana with my father, an immigrant from Mexico with a green card. She wielded her citizenship like a shield, tenuous as it felt against an ever-present danger. Puerto Ricans are US citizens, my mother would say, with conviction. Because of my mother's body armor, I did not identify as Latina as a child, though we had piñatas[2] at our birthdays and ate arroz con gandules[3] at home.

Back then, California was a microcosm for the resurgence of white supremacy we are seeing nationally today, causing Latin American families to hide their brown or Blackness behind labels like Hispanic. In the nineties, a white backlash against the "browning" of the state manifested as bipartisan attacks on bilingual education, affirmative action, and state-funded services for people without legal immigration status. Neo-Nazi groups multiplied. The governor spoke of a Mexican "invasion." The idea that multiculturalism was a threat to civilization spread like a virus on right-wing talk radio.

[...]

It wasn't until years later that I realized American identity does not need to function like a sword hacking away at our differences, or a snake digesting them. [...]

Multiculturalism is not a threat to civilization. The only thing it threatens is extremism. As America becomes more mixed, we will have a greater capacity for empathy. People with hyphenated identities are familiar with multiple ways of being; they can readily inhabit different people and diverse realities.

[...]

Americans are losing our collective sanity due to a breakdown in our willingness to communicate with one another. We are trapped in echo chambers. Corporations shape our politics, purchases, and preferences with disinformation and AI-based advertisements. Polarization is profitable, so the powerful have no incentives to unite us. The threat of domestic terrorism is escalating as people fall into post-truth rabbit holes about QAnon[4] and "white genocide." Democracy is in danger.

Maybe you're a third-generation immigrant like my niece, or a first- or second- one. Either way, you have it, too: the magic that might save us. Perhaps you were taught to reject your mestizaje[5]. But it is what allows you to imagine and bring forth a world without binaries: blurry and multitudinous, like you. You can heal a divided nation.

Perhaps in your life you've had people call you a half-breed, a wetback, a beaner. They made you feel like a mutant. They don't understand that your mixedness is your strength. You have the blood of the colonizer and of the colonized. You are the bridge that can make America sane again.

Anmerkungen:

1 **abuela** – Grandmother

2 **piñata** – an object, often in the shape of an animal, that is filled with sweets; traditionally hung up at parties, for children to hit it with a stick in order to break it open

3 **arroz con gandulez** – A Puerto Rican national dish

4 **QAnon** – a far-right political movement centred on conspiracy theories

5 **mestizaje** – process of racial and cultural intermixing

Bewertungskriterien

Inhaltliche Aspekte

Einleitung:

- Begriffsklärung: mixedness
- Verweis auf Autor und Quelle des Textauszugs
- Aufgabenstellung in eigenen Worten

Hauptteil:

- Bezug zur Haltung der Autorin durch Beschreibung der inhaltlichen Abschnitte:
  - "I did not know what I was" (Zeile 3): Identitätsfrage, Einfluss der Eltern
  - multiculturalism and American identity (Zeile 24–38, 44–51): white supremacy, author's understanding of multiculturalism
  - what you can do and why you can do it (Zeile 72 bis Ende): the role of communication and corporations, the benefits of being from "mixed" origins
- Bewertung der oben erarbeiteten inhaltlichen Aussagen der Autorin
- eigene Argumente und Gegenargumente mit Beispielen

Schluss

- persönliche Bewertung und Positionierung auf die im Titel formulierte Ausgangsaussage unter Zuhilfenahme einer kurzen Zusammenfassung und eines persönlichen Fazits

Aufgaben zur Textanalyse (Aufgabenteil A III.1)

Aufgabe 1: Sachtexte/Politische Reden

AUFGABENSTELLUNG

Compare the given parts of the two inaugural addresses. Chose Gran Torino and explain how Walt's hopes and fears might be reflected.

Materialgrundlage

M1: https://trumpwhitehouse.archives.gov/briefings-statements/the-inaugural-address/ (accessed 30.04.2022)
M2: https://www.whitehouse.gov/briefing-room/speeches-remarks/2021/01/20/inaugural-address-by-president-joseph-r-biden-jr/ (accessed 30.04.2022)

M1 President Donald Trump: Inaugural Address

January 20, 2017 Washington D.C.

[...] Today's ceremony, however, has very special meaning. Because today we are not merely transferring power from one administration to another, or from one party to another – but we are transferring power from Washington, D.C. and giving it back to you, the American People. For too long, a small group in our nation's Capital has reaped the rewards of government while the people have borne the cost. Washington flourished – but the people did not share in its wealth. Politicians prospered – but the jobs left, and the factories closed. [...] That all changes – starting right here, and right now, because this moment is your moment: it belongs to you. [...] For many decades, we've enriched foreign industry at the expense of American industry; subsidized the armies of other countries while allowing for the very sad depletion of our military; we've defended other nation's borders while refusing to defend our own; and spent trillions of dollars overseas while America's infrastructure has fallen into disrepair and decay. We've made other countries rich while the wealth, strength, and confidence of our country has disappeared over the horizon. [...] From this moment on, it's going to be America First. Every decision on trade, on taxes, on immigration, on foreign affairs, will be made to benefit American workers and American families. We must protect our borders from the ravages of other countries making our products, stealing our companies, and destroying our jobs. Protection will lead to great prosperity and strength. [...] I will fight for you with every breath in my body – and I will never, ever let you down. America will start winning again, winning like never before.

We will bring back our jobs. We will bring back our borders. We will bring back our wealth. And we will bring back our dreams. We will build new roads, and highways, and bridges, and airports, and tunnels, and railways all across our wonderful nation.

We will get our people off of welfare and back to work – rebuilding our country with American hands and American labor. We will follow two simple rules: Buy American and hire American. We will seek friendship and goodwill with the nations of the world – but we do so with the understanding that it is the right of all nations to put their own interests first. We do not seek to impose our way of life on anyone, but rather to let it shine as an example for everyone to follow. [...] So to all Americans, in every city near and far, small and large, from mountain to mountain, and from ocean to ocean, hear these words: You will never be ignored again. Your voice, your hopes, and your dreams will define our American destiny. And your courage and goodness and love will forever guide us along the way. Together, we will make America strong again.

We will make America wealthy again. We will make America proud again.

We will make America safe again. And yes, together, we will make America great again.

M2 President Joseph Biden: Inaugural Address

January 20, 2021, The United States Capitol

[...] This is America's day.

This is democracy's day.

A day of history and hope.

Of renewal and resolve.

[...] Today, we celebrate the triumph not of a candidate, but of a cause, the cause of democracy.

[...] We have learned again that democracy is precious.

Democracy is fragile.

And at this hour, my friends, democracy has prevailed.

So now, on this hallowed ground where just days ago violence sought to shake this Capitol's very foundation, we come together as one nation, under God, indivisible, to carry out the peaceful transfer of power as we have for more than two centuries.

[...] This is a great nation and we are a good people. [...] Few periods in our nation's history have been more challenging or difficult than the one we're in now.

A once-in-a-century virus silently stalks the country. [...] Millions of jobs have been lost. Hundreds of thousands of businesses closed.

A cry for racial justice some 400 years in the making moves us. [...]

And now, a rise in political extremism, white supremacy, domestic terrorism that we must confront and we will defeat.

To overcome these challenges – to restore the soul and to secure the future of America – requires more than words.

It requires that most elusive of things in a democracy:

Unity.

Unity.

[...] Today, on this January day, my whole soul is in this: Bringing America together. Uniting our people. And uniting our nation.

I ask every American to join me in this cause.

Uniting to fight the common foes we face:

Anger, resentment, hatred. Extremism, lawlessness, violence. Disease, joblessness, hopelessness.

With unity we can do great things. Important things.

We can right wrongs.

We can put people to work in good jobs.

We can teach our children in safe schools.

We can overcome this deadly virus.

We can reward work, rebuild the middle class, and make health care secure for all.

We can deliver racial justice.

We can make America, once again, the leading force for good in the world.

[…] We can treat each other with dignity and respect.

[…] And so today, at this time and in this place, let us start afresh.

All of us.

Let us listen to one another.

Hear one another.

See one another.

Show respect to one another.

[…] To all those who did not support us, let me say this: Hear me out as we move forward. Take a measure of me and my heart.

And if you still disagree, so be it.

That's democracy. That's America. The right to dissent peaceably, within the guardrails of our Republic, is perhaps our nation's greatest strength.

Yet hear me clearly: Disagreement must not lead to disunion.

And I pledge this to you: I will be a President for all Americans.

[…] Recent weeks and months have taught us a painful lesson. There is truth and there are lies.

[…] This is a time of testing.

We face an attack on democracy and on truth.

A raging virus.

Growing inequity.

The sting of systemic racism.

A climate in crisis.

America's role in the world.

Any one of these would be enough to challenge us in profound ways.

But the fact is we face them all at once, presenting this nation with the gravest of responsibilities.

Now we must step up.

All of us.

It is a time for boldness, for there is so much to do.

[…] And together, we shall write an American story of hope, not fear.

Of unity, not division.

Of light, not darkness.

An American story of decency and dignity.

Of love and of healing.

Of greatness and of goodness.

May this be the story that guides us. […]

(612 Wörter)

Bewertungskriterien

Ihre Aufgabe ist es, die Auszüge aus beiden Reden miteinander zu vergleichen (siehe S. 127, *How to Deal with (Political) Speeches*) und mit Walt aus *Gran Torino* in Bezug zu setzen, d. h. die Reden inhaltlich mit den Hoffnungen und Ängsten dieser Figur zu vergleichen.

TIPP zum Punktesammeln

Achten Sie auf eine klare inhaltliche Strukturierung: Präsentieren Sie beispielsweise zuerst (vergleichend) die Hauptaussagen und stilistischen Besonderheiten der beiden Reden, dann die Hauptgedanken bezüglich der Lebensumstände und daraus resultierenden Hoffnungen und Ängste Walts nacheinander, um dann im dritten und entscheiden Teil den Bezug zwischen den Reden und Walt herzustellen und zu erläutern.

TIPP Reden

Auf S. 153 finden Sie eine Rede von Kamala Harris. Auch diese Rede können Sie zur Übung anhand der Kriterien zur Analyse von Reden (S. 127) untersuchen.

Comparison of the two inaugural speeches

	Inaugural Address Trump	**Inaugural Address Biden**
main focus of the speech	– failures of past administrations: [...] For too long, a small group in our nation's Capital has reaped the rewards of government while the people have borne the cost. (ll. 7–10) – protectionism: [...] From this moment on, it's going to be America First. Every decision on trade [...] (ll. 28 ff.)	– democracy has prevailed, in spite of being fragile (ll. 2–12), [...] We face an attack on democracy and on truth (ll. 87–88) – Unity is required to overcome the challenges (ll. 32–38) [...] To overcome these challenges – to restore the soul and to secure the future of America requires more than words. It requires that most elusive of things in a democracy: Unity. Unity., [...] And together, we shall write an American story of hope, not fear. Of unity, not division. (ll. 103–105)
use of stylistic devices	– many alliterations and short sentences; "simple" language", easily accessible images	– many alliterations, repetitions and the frequent use of parallelism to emphasize his points; short sentences, simple, accessible language reinforced by parts with parallelism, thus increasing urgency of his message

Examples of Walt's hopes and fears with regard to the given excerpts

hopes	**fears**	**reflected in ...**
American Dream, peace	personal & economical safety endangered, violence	Biden's speech
safety & protection	the "other", violence, intrusion	Trump's speech
justice, American Dream	being ignored/forgotten by government, multiculturalism is a threat	Trump's speech

The American Dream in its various and diverse aspects is at the centre of many of the character's hope and fears: for some because they strive toward it, for some because they see it endangered or violated.

Aufgabe 2: Literarischer Text

AUFGABENSTELLUNG

Contrast the situation of immigrants with the situation of blacks in America.

Materialgrundlage

Ausgangstext: Romanauszug, Zadie Smith, *White Teeth,* 2000, pp. 326–327 (346 words)

White Teeth *Zadie Smith*

The following text is an extract from the novel "White Teeth" by Zadie Smith, which is set in contemporary London. The story focuses on three families with different cultural backgrounds whose lives become intertwined because of their children. One of the characters (Irie Jones, l. 8) belongs to the second generation and has an English father and a Caribbean mother. She has fallen in love with a boy called Millat Iqbal, whose parents are from Bangladesh.

This has been the century of strangers, brown, yellow, and white. This has been the century of the great immigrant experiment. It is only this late in the day that you can walk into a playground and find Isaac Leung by the fish pond, Danny Rahman in the football cage, Quang O'Rourke bouncing a basketball, and Irie Jones humming[1] a tune. Children with first and last names on a direct collision course. Names that secrete[2] within them mass exodus, cramped boats and planes, cold arrivals, medical checkups. It is only this late in the day, and possibly only in Willesden[3], that you can find best friends Sita and Sharon, constantly mistaken for each other because Sita is white (her mother liked the name) and Sharon is Pakistani (her mother thought it best – less trouble). Yet, despite all the mixing up, despite the fact that we have finally slipped into each other's lives with reasonable comfort (like a man returning to his lover's bed after a midnight walk), despite all this, it is still hard to admit that there is no one more English than the Indian, no one more Indian than the English. There are still young white men who are angry about that; who will roll out at closing time into the poorly lit streets with a kitchen knife wrapped in a tight fist. But it makes an immigrant laugh to hear the fears of the nationalist, scared of infection, penetration, miscegenation[4], when this is small fry, peanuts, compared to what the immigrant fears – dissolution, disappearance. Even the unflappable[5] Alsana Iqbal would regularly wake up in a puddle of her own sweat after a night visited by visions of Millat (genetically BB; where B stands for Bengaliness) marrying someone called Sarah (aa where 'a' stands for Aryan), resulting in a child called Michael (Ba), who in turn marries someone called Lucy (aa), leaving Alsana with a legacy of unrecognizable great-grandchildren (Aaaaaaa!), their Bengaliness thoroughly diluted[6], genotype[7] hidden by phenotype. It is both the most irrational and natural feeling in the world.

Annotations

1 **to hum:** summen
2 **to secrete:** to hide
3 **Willesden:** an area in North West London
4 **miscegenation:** Rassenmischung
5 **unflappable:** unerschütterlich
6 **diluted:** verdünnt
7 **genotype/phenotype:** genetische Veranlagung/äußere Erscheinung

Bewertungskriterien

Die Aufgabe gehört zum Anforderungsbereich II. Vom Kandidaten wird Folgendes erwartet:

Der Prüfling stellt Parallelen zwischen der Situation von Immigranten in Großbritannien und der Situation der Afroamerikaner in den USA fest, indem er/sie folgende Aspekte benennt:

- Während Immigranten sich entschieden haben, in ein anderes Land zu ziehen, um dort zu leben, haben die Schwarzen in den USA nie eine solche Entscheidung getroffen: Sie wurde gezwungen, als Sklaven in den USA zu leben.
- Die Schwarzen wurden über Jahrhunterte in den USA als Menschen zweiter Klasse behandelt; Immigranten sehen sich ebenfalls oft mit Vorurteilen und Diskriminierung konfrontiert – vergleichbar mit der Behandlung der Schwarzen in den USA.
- Sowohl Immigranten in Großbritannien als auch die Schwarzen in den USA erleben täglich Diskriminierung in den Bereichen Bildung, Jobs, Wohnungssuche usw.; das erschwert es ihnen, die Kultur des neuen Landes zu akzeptieren; beide Gruppen neigen zu Gettobildung und kultureller Isolation.
- Einwanderer haben die Chance, in ihrer neuen Umgebung nicht stark aufzufallen, solange sie nicht zu „fremd“ aussehen, Schwarze können „ihre Haut nicht ablegen“, sie fallen immer auf und werden daher anders wahrgenommen (das gilt auch für Einwanderergruppen, die sich optisch stark von der Bevölkerung des Zuzugslandes unterscheiden).
- Obwohl die Schwarzen in den USA amerikanische Staatsbürger sind, sind sie oft Außenseiter der Gesellschaft; je mehr Schwarze eine wichtige Rolle im öffentlichen Leben spielen (z. B. Obama), desto eher kann sich diese Situation ändern.

Aufgaben zur Sprachmittlung

Sachtext: *Gun Debate*

INFO

Sie werden sowohl im Basis- als auch im Leistungsfach im Verlauf der Qualifikationsphase eine ca. 60-minütige Sprachmittlungsklausur schreiben.

AUFGABENSTELLUNG

The article "Was hat sich seit Parkland getan?" takes a closer look at developments since the Parkland shooting in 2018. You are a student dealing with the gun debate in the US in class and are asked to prepare a presentation in English that summarizes the key facts in the text about the consequences of the above-mentioned tragedy and the developments since 2018.

Materialgrundlage

Martina Buttler: "US-Waffendebatte: Was hat sich seit Parkland getan?", Norddeutscher Rundfunk, https://www.tagesschau.de/ausland/waffenrecht-usa-parkland-101.html (30.04.2022)

US-Waffendebatte: Was hat sich seit Parkland getan? *Martina Buttler*

Nach der Parkland-Schießerei im Februar 2018 entstand in den USA die „March for our Lives"-Schülerbewegung. Nun starben wieder Dutzende Menschen im Kugelhagel. Hat sich überhaupt etwas bewegt?

Richard Blumenthal ist Senator aus Connecticut. Hier sind 2012 26 Erstklässler und Lehrerinnen an der Sandy Hook Elementary School getötet worden. Hier wird seit langem für eine Änderung des Waffenrechts gekämpft. Und es ändert sich was, freut sich Blumenthal am Montag:

„Amerika bewegt sich gegen Waffengewalt. Endlich lockert sich der Klammergriff der Waffenlobby um den Kongress. Wir müssen weiter kämpfen. Wir gewinnen."

Nach der Massenschießerei in Parkland im Februar vergangenen Jahres sind mehr als 110 Gesetze in den USA verabschiedet worden, um das Waffenrecht zu ändern. Das ist mehr, als je zuvor passiert ist. Schärfere Überprüfungen der Käufer, Maßnahmen zur Reduktion von Waffengewalt oder Gesetze, um Waffen von Menschen, die für häuslichen Missbrauch bekannt sind fernzuhalten – dies sind nur einige der Beispiele für neue Gesetze.

Nach Parkland hat Donald Trump den Schülern aus Florida ein Versprechen gegeben:

„Wir werden schärfere Überprüfungen kriegen. Wir werden was machen in Richtung psychische Gesundheit. Wir werden noch viele andere Sachen machen."

Rausgekommen ist dabei auf Bundesebene nur der Verbot von sogenannten Bump Stocks. Das sind Aufsätze, die ein Gewehr aufrüsten, so dass es mehr Schüsse in kürzerer Zeit abgeben kann, wie ein Sturmgewehr. Alles andere: Fehlanzeige.

Die Waffe – ein ur-amerikanisches Streitobjekt

Jetzt fordert der US-Präsident einen überparteilichen Ansatz, um schärfere Überprüfungen der Käufer durchzubringen. Es müsse etwas Gutes aus diesen tragischen Ereignissen kommen. Was genau, das sagt er nicht. Dass die mächtige Waffenlobby NRA mit Trumps Statement nach den Schießereien vom Wochenende zufrieden ist, spricht eine eigene Sprache. Schon im Februar hat das von den Demokraten dominierte Repräsentantenhaus ein Gesetz verabschiedet, das schärfere Überprüfungen von Waffenverkäufen vorsieht.

Doug Collins, republikanischer Abgeordneter aus Georgia, hat gegen das Gesetz gewettert:

„Dieses Gesetz macht nichts anderes, als es gesetzestreuen Bürgern schwer zu machen, ihr Recht auf Waffenbesitz auszuüben, so dass sie sich auch selbst verteidigen können. Das ist alles, was dabei rauskommt."

Druck auf Republikaner wächst – wieder einmal

Im republikanisch dominierten Senat kam dieses Gesetz seit fünf Monaten gar nicht erst zur Abstimmung. Jetzt bekommt der republikanische Mehrheitsführer im Senat Mitch McConnell Druck vor allem von Demokraten, sie aus der Sommerpause zurückzurufen, um endlich darüber abzustimmen:

„Senator McConnell, werden Sie ihren Führungsaufgaben gerecht oder machen Sie Platz. Rufen Sie uns in die Hauptstadt zurück."

255 Massenschießereien hat es in den 216 Tagen des Jahres in den USA schon gegeben, rechnet das Gun Violence Archive vor. Das sind Schießereien bei denen vier oder mehr Menschen getötet oder verletzt wurden. Die Rufe danach, dass beispielsweise Walmart, wo in der letzten Woche zweimal Menschen um sich geschossen haben, keine Waffen mehr verkauft, werden immer lauter.

Die Sportartikel-Kette Dicks Sporting Goods hat nach Parkland beispielsweise aufgehört, Sturmgewehre zu verkaufen. Sie haben auch das Mindestalter beim Waffenkauf freiwillig auf 21 hochgesetzt, das hat auch Walmart getan. Einige Unternehmen, wie United Airlines, Enterprise oder Budget haben angekündigt, ihre Discount-Programme für Mitglieder der Waffenlobby NRA zu beenden. Seit Parkland bewegt sich einiges. Den Angehörigen und Freunden von Opfern von Waffengewalt ist das aber längst nicht genug.

Bewertungskriterien

Formale Aspekte

- **Adressatenbezug** (Mitschüler) und situativer Kontext müssen in der Einleitung klar erkennbar sein (z. B.: *Good morning. My presentation, contributing to our lessons about the gun debate in the US, will take a closer look ...)*
- **Zielformat Präsentation:** entsprechende Ansprache, klare Gliederung und Aufbau einer Präsentation (z. B.: *An article published on ... In what follows I will ... The most important facts are .../ Firstly/ secondly, ... Summarizing/In conclusion ...)*
- **Sprachregister:** gepflegtes Englisch (nicht zu formell, da die Mitschüler und -schülerinnen die Adressaten sind)

Inhaltliche Aspekte
Einleitung:
- Ansprache in der Einleitung (siehe oben)
- Klärung und Information zur Parkland-Schießerei (Datum, Was geschah damals)
- Was ist *„March for our lives"*?

Hauptteil:
- Gesetze zur Änderung des Waffenrechts verabschiedet seitdem (wieviele, welcher Art)
- was Trump der Schülerbewegung damals versprochen hat und was davon umgesetzt wurde
- schärfere Überprüfung der Käufer (von wem verabschiedet und wann) – um was geht es dabei, wer ist dafür, was tut der Senat
- Konsequenzen für *Dicks Sporting Goods, Walmart*

Schluss mit Bezug zum Kontext

Beispiellösung

Good morning Class 12,

My presentation, contributing to our lessons about the gun debate in the US, will take a closer look at developments since the Parkland shooting in 2018.
I found an article about this published in tagesschau.de.

Firstly, let us remember the Parkland shooting and what happened there. In February 2018 a mass shooting took place and students formed the "March for our lives" protest movement as a reaction to frequent shootings at schools such as Parkland. President Trump promised to take measures on gun control, mental health issues and more.

Secondly, let us take a look at what has been done since then. 110 new changes in US weapons law have been passed since then, which is more than ever before. They deal with regulations and verification for buyers and ownership-related restrictions, such as denying access to weapons to people who have a record of domestic violence.
However, on a federal level only the ban on bump stocks has been implemented so far. Now the president demands stricter verification for buyers as a consequence of "the tragic events that have taken place". He does not go into detail, so it remains unclear what the actual law will be. Democrats voted a law through the House of Representatives enforcing stricter tests for gun sales. A Republican response was that such a law will only make life harder for citizens who want to defend themselves. The Republican-dominated Senate has not even discussed it so far.
According to the Gun Violence Archive more than 250 mass shootings took place within the first 210 days of the year the article was written, among them two within a single week at a Walmart store. Consequently calls to stop weapons being offered in such stores are increasing.

Another example is Dick Sporting Goods. They have stopped selling assault rifles and have changed the required minimum age to 21. Walmart has followed suit. Some American airlines have announced that they will stop discount programs for members of the NRA.

Summarizing, we can say that there have been changes made and some are still in progress. Whether these changes are really enough remains to be seen.

I hope you found my presentation interesting and I would now like to answer your questions. Thank you for your attention.

Baden-Württemberg Abiturprüfung 2021 an den allgemeinbildenden Gymnasien – Englisch

Quelle der Aufgabenstellung

Regierungspräsidium Stuttgart[1]

Originalprüfung mit Beispiellösung

Teil I: Listening Comprehension

24 BE

Your will hear each recording twice. After each listening, you will have time to complete your answers.[2]

Task 1: Film Reviews **6 BE**

You will hear excerpts from six film reviews.
Match each review (1–6) with one of the descriptions (A to G). For each review there is only one correct description. There is one more description than you need.
You now have 45 seconds to read the assignment.

Descriptions	
A	Encounters between rich and poor
B	The abuse of power and its cover-up
C	A biography shaped by illegal activities
D	A comparison of stereotypical lifestyles
E	A movie star's long history of drug-addiction
F	The rise and fall of a politician in a corrupt world
G	A sports contest as a metaphor for the film industry

Now listen to the recording again.

Film review	1	2	3	4	5	6
Description						

Sources: 1 und 3. "Double Feature: Critic Justin Chang Pairs His Favorite Films Of 2019", NPR Radio, 17.12.2019; https://www.npr.org/transcripts/787430572; **2.** "Vrooming Engines Meet Flaring Tempers In ‚Ford V Ferrari'", NPR Radio, 21.01.2020, https://www.npr.org/2020/01/21/798213891/vrooming-engines-meet-flaring-tempers-in-ford-v-ferrari; ©2020 National Public Radio, Inc. Excerpt from NPR news report titled "Vrooming Engines Meet Flaring Tempers In

1 Die Lösungen sind keine amtlichen Lösungen.

2 Die Audiotexte können Sie auf der Seite von finaleonline.de anhören. Geben Sie dazu den Code von Seite 2 in diesem Buch ein.

‚Ford V Ferrari'" was originally broadcast on NPR's Pop Culture Happy Hour on January 22, 2020, and is used with the permission of NPR. Any unauthorized duplication is strictly prohibited.
4. 'Marriage Story': For Better Or Divorce", NPR Radio, 10.12.2019, https://www.npr.org/2019/12/10/786788548/marriage-story-for-better-or-divorce; ©2019 National Public Radio, Inc. Excerpt from NPR news report titled 'Marriage Story': For Better Or Divorce" was originally broadcast on NPR's Pop Culture, Page 2 of 4, Happy Hour on December 11, 2019, and is used with the permission of NPR. Any unauthorized duplication is strictly prohibited. **5.** NPR Radio, 28.1.2020, https://www.npr.org/2020/01/28/800408643/the-assistant-helps-explain-how-predatory-behavior-stays-hidden **6.** NPR Radio, 26.9.2019 'Judy' Review: Renée Zellweger Dazzles In A Go-For-Broke Portrayal Of Garland: NPR

Task 2: The History of Jim Crow and Blackface — 10 BE

You will hear a podcast about the history of Jim Crow and its connection to the current debate about blackface. While listening, answer the questions below.

You need not write complete sentences.
You now have one minute to read the assignment.

1	According to the speaker, what did the Jim Crow laws embody?	• hate •
2	What has recently led to a new public discussion about Jim Crow?	
3	What was the purpose of the Jim Crow impersonations in the past?	
4	What was typical of the Jim Crow stage performance? (name **two** aspects)	• •
5	Where did Thomas D. Rice get his inspiration for the Jim Crow character from?	
6	What was the consequence of Rice's performance?	
7	According to Daryl Davies, what does the perception of blackface depend on?	
8	Which positive example of the use of blackface does Daryl Davies mention?	
9	Which incident led to TV host Megyn Kelly losing her job?	

Annotations:

buffoon – someone who does silly and amusing things

vernacular – form of language spoken by a particular group of people

Source: https://www.washingtonpost.com/podcasts/retropod/jim-crow-and-the-rise-of-blackface-1; *The Washington Post,* 12.11.2019 (last accessed 30.04.2022)

Now listen to the recording again.

Task 3: The Mindful Chef 8 BE

You will hear an interview about the rise of the online service The Mindful Chef.

While listening, tick the correct answer (a, b, c or d). There is only one correct answer. You now have two minutes to read the assignment.

1. *The Mindful Chef* is an online recipe box delivery service that has

a	moved to London recently.	☐
b	been operating since 2001.	☐
c	received a prestigious prize.	☐
d	runs counter to recent trends.	☐

2. When the partners started their business, they

a	were desperate for money.	☐
b	were disillusioned with their jobs.	☐
c	had been toying with the idea for a while.	☐
d	had been persuaded by business friends.	☐

3. According to Giles Humphries, this new start would allow them to

a	grow closer to their friends.	☐
b	make the most of their skills.	☐
c	feel more satisfied in their job.	☐
d	use their working time more flexibly.	☐

4. Looking back, Humphries says that coming home late from work they

a	no idea what to eat.	☐
b	did not feel stressed at all.	☐
c	were too exhausted to go shopping.	☐
d	were unable to go to their gym classes.	☐

5. In the summer of 2014, Humphries observed Devon fishermen

a	preparing traditional sea food.	☐
b	offering their catch door to door.	☐
c	changing the natural food chain.	☐
d	using modern media to sell their fish.	☐

6. At the beginning of their business, Humphries and his co-founders

a	did the packing themselves.	☐
b	used cargo bikes to avoid traffic jams.	☐
c	built storage facilities for their ingredients.	☐
d	suffered from constantly working night shifts.	☐

7. In their marketing strategy, they relied on

a	UK-wide advertising.	☐
b	pictures shown on social media.	☐
c	flyers distributed during deliveries.	☐
d	cooperation with local newspapers.	☐

8. Success came after Humphries and his co-founders

a	automated the packing.	☐
b	employed a public relations team.	☐
c	hit the half-a-million pounds mark.	☐
d	tackled initial problems successfully.	☐

Now listen to the recording again.

Source: BBC Radio, 05.11.2019, https://www.bbc.co.uk/sounds/play/p07v2cl0; (Ausschnitte: 00:36 – 02:07, 02:30 – 03:17, 06:10 – 07:18; last accessed 30.04.2022)

Schriftlicher Prüfungsteil

Materialgrundlage:

Powell, John A.: Us vs them: the sinister techniques of 'Othering' – and how to avoid them | john a powell | The Guardian. November 8, 2017, slightly adapted; Copyright Guardian News & Media Ltd. 2021 (last accessed 30.4.2022)

Zugelassene Hilfsmittel:

- ein einsprachiges Wörterbuch (Englisch)
- ein zweisprachiges Wörterbuch (Englisch – Deutsch/Deutsch – Englisch)
- Nachschlagewerke zur deutschen Rechtschreibung

Bearbeitungszeit:

210 Minuten + 30 Minuten einschließlich Auswahlzeit

Hinweise:

Die Prüfungsarbeit besteht aus einer zweiteiligen Textaufgabe.
Sie bearbeiten:
Teil II: Reading Comprehension
Teil III.1: Analysis
Teil III.2: Composition: Eine der beiden Aufgaben von Teil III.2

Us vs them: the sinister techniques of 'Othering' – and how to avoid them *John A. Powell*

We are in the midst of a rapidly changing world. More than 300 million people are currently living outside their homelands. Ethno-nationalism is on the rise – from the Rohingya people forced out of Myanmar in what many are calling the world's latest genocide, to neo-Nazis marching through the streets of Charlottesville, Virginia, in an action President Trump pointedly refused to condemn.

Humans can only process a limited amount of change in a short period of time without experiencing anxiety. It's a natural human reaction – but how we respond to that anxiety is social. When societies experience big and rapid change, a frequent response is for people to narrowly define who qualifies as a full member of society – a process I call "Othering". An alternative response is seeing the change in demographics as positive, and regarding the apparent other as enhancing our life and who we are. This is what I refer to as "belonging and bridging". Othering is not about liking or disliking someone. It is based on the conscious or unconscious assumption that a certain identified group poses a threat to the favoured group. It is largely driven by politicians and the media, as opposed to personal contact. Overwhelmingly, people don't "know" those that they are Othering.

So while today's global anxiety has been precipitated by globalisation, technology and a changing economy, demographics play a crucial role in the process of Othering. The attributes of who gets defined as Other differ from place to place, and can be based upon race, religion, nationality or language. It is not these attributes themselves that are the problem, of course, but how they are made salient, and how they are manipulated. I am therefore particularly concerned with how Othering shows up in today's power structures: how it is used to divide and dehumanise groups, and capture and reshape government and institutions. For society's leaders and culture play an oversized role in helping us make sense of change – and so greatly affect our responses to anxiety.

In the United States, politicians used to engage in what scholar Ian Haney-Lopez calls "dog whistles" – they could make references to Others but only in a coded way; never saying "those Mexicans" or "those Muslims", for example. President Trump, however, has opened a space where people are emboldened to be more explicit. We now have not only our nation's leadership but many of our information networks amplifying these explicit calls to exclude and dehumanise. The rhetoric and language coming from Trump has begun to both define and normalise Othering. This is a threat to all the things we value. When Mexicans can be called "rapists and drug dealers" in direct contradiction to the facts, it becomes a much easier step to call for their deportation, and for a literal wall to divide us. The language being used by many national leaders not only activates people's anxiety and fear around a perceived Other, it creates new processes of exclusion and dehumanisation.

While it is common to focus only on economic changes to explain the rise of right-wing nationalists and Othering, the loss of economic power is not the only thing stirring anxiety around the globe. [...] Conservative elites know how to strategically create and use fear of a perceived Other, by organising and manufacturing fear. When Nixon began using the term "law and order", his popularity was cemented among a certain base because he was appealing to a specific kind of conservative white fear: not primarily about jobs, but rather the changing social order. This was not precipitated by a specific economic downturn, yet the outcome of Nixon's strategy was the securing of an economy rigged for the rich. People don't just figure out on their own that collectively they need to be afraid of another group. Leadership plays a critical role. Often people who have been living with one another for years are made to feel suddenly that those differences have become threatening.

The recent rhetoric around people who are undocumented in the US, many of whom have lived here for their whole lives, has created a culture of fear for millions, has demonised children, and has created suspicion and anger in communities where none had existed before. [...] The stories we tell, and live, are not about facts but our values, fears and hopes – all of which, to a certain degree, are malleable. Our narratives don't just reflect them, they also shape them. While anxiety about change is natural, Othering is not. Othering is socially and culturally constructed.

So how do we respond to our collective anxiety today? Either we "bridge", reaching across to other groups and towards our inherent, shared humanity and connection, while recognising that we have differences; or we "break", pulling away from other groups and making it easier to tell and believe false stories of "us vs them", then supporting practices that dehumanise the "them". Part of the solution to Othering come from the stories we tell. As the world undergoes profound shifts, how do we build true societies of belonging? [...] If we are to combat the rising tide of extremism across the globe, we must actively create bridges across difference, and resist strategic exploitation of our collective anxiety. For when we bridge, we not only open up to others, we also open up to change in ourselves – and actively participate in co-creating a society to which we can all belong. The opposite of Othering is not "saming", it is belonging. And belonging does not insist that we are all the same. It means we recognise and celebrate our differences, in a society where "we the people" includes all the people.

(938 words)

Annotations:

line 83: Nixon – Richard Nixon, Republican president (1969–1974)

line 116: humanity – *here:* the state of being human rather than an animal or a machine

Teil II: Reading Comprehension

AUFGABE 1

Comprehension content 10 VP

Instructions:

- Tick the correct answer/statement or statements as indicated.
- Provide a quotation from the text to support each correct answer: the line number(s) plus the first three and the last three words of the quotation.
- If the quotation is six words or shorter, write it down in full.

0 Example: Tick the correct answer (true/false). **true** **false**

Discrimination against certain groups takes on different shapes. ☑ ☐

line(s) 2-4 *Ethno-nationalism is on ... streets of Charlottesville.* | 0

1 Tick the correct answer. **true** **false**

Whether people feel uneasy about social changes depends on their cultural preconceptions. ☐ ☐

line(s) ________ quote: ______________________________ | 1

2 Tick the TWO correct statements.

Common reactions to a transformation within society are to

- ☐ exclude certain people.
- ☐ limit the influx of immigrants.
- ☐ grant newcomers citizenship.
- ☐ strive for mixed neighborhoods.
- ☐ accept the benefit of such a development.

Quotation for 1st correct statement:

line(s) _________ quote: ____ 1

Quotation for 2nd correct statement:

line(s) _________ quote: ____ 1

3 **Tick the correct statement.**

Othering takes place when people

- ☐ speak badly about strangers.
- ☐ fail to inform themselves through the press.
- ☐ think they might lose their privileged position.
- ☐ are confronted with newcomers in their neighborhoods.

line(s) _________ quote: ____ 1

4 **Tick the correct answer.**

	true	**false**
Categorizations are the reason why discrimination takes place.	☐	☐

line(s) _________ quote: ____ 1

5 **Tick the correct statement.**

Othering is a strategy for decision-makers to

- ☐ stabilize the political system.
- ☐ attract a specific group in society.
- ☐ exert their influence on the public.
- ☐ distance themselves from their political rivals.

line(s) _________ quote: ____ 1

6 **Tick the correct statement.**

In the past, politicians were less

- ☐ aware of the power of the media.
- ☐ openly abusive towards minorities.
- ☐ racist towards non-Americans in society.
- ☐ successful in shaping people's opinions.

line(s) _________ quote: ____ 1

7 **Tick the correct statement.**

President Nixon's initial course of action was to

- ☐ call on whites to follow his policies.

☐ support people facing unemployment.
☐ boost the economy for the benefit of all Americans.
☐ address white anxiety concerning the makeup of society.

line(s) ________ quote: ____________________________________ | 1

8 Tick the correct statement.

The recent public use of language has led to

☐ the defense of vilified children.
☐ the resurgence of old tensions within society.
☐ animosity between ethnic minorities and the rest of society.
☐ communities moving closer together due to a common fear.

line(s) ________ quote: ____________________________________ | 1

9 Tick the correct statement.

Reaching out to others leads to

☐ shared values for everyone.
☐ individual and collective change.
☐ alliances against fundamentalism.
☐ people being less prone to exploitation.

line(s) ________ quote: ____________________________________ | 1

Teil III.1: Analysis

INFO zur Aufgabenstellung 2021

Im Jahr 2021 gab es für den Teil III.1 Analysis zwei Aufgabenstellungen (A und B). Die Schule wählte eine Aufgabenstellung aus, die den Schülerinnen und Schülern vorgelegt wurde. Im Teil III.2 Composition konnten wie üblich die Schülerinnen und Schüler eine von zwei vorgelegten Aufgaben auswählen.

AUFGABENSTELLUNG A

Teil III.1 A: Analysis

content 10 VP
language 15 VP

"... we 'bridge', reaching across to other groups and towards our inherent, shared humanity and connection, while recognising that we have differences;" (ll. 114–118)
Briefly explain the quote in the context of the article and analyse what enables Sue to "bridge" as well as how she "bridges" in *Gran Torino*.

AUFGABENSTELLUNG B

Teil III.1 B: Analysis

content 10 VP
language 15 VP

Compare Donald Trump's rhetoric and its effects as explained in the article to Walt's rhetoric and its effects in *Gran Torino.*

Teil III.2: Composition

AUFGABENSTELLUNG

Teil III.2: Composition

content 10 VP
language 15 VP

Choose **ONE** of the following:

a) In *Crooked Letter, Crooked Letter,* Silas experiences different kinds of loss. Assess his ways of dealing with them.
OR

b) "The greatest nations are defined by how they treat their weakest inhabitants." (2010)
Jorge Ramos, Mexican-American journalist
Explain Ramos's statement and discuss whether according to his definition, the US is a great nation in the 21st century.
OR

c) Interpret the cartoon and briefly comment on its message.
Brexit – a British drama

source: https://www.chappatte.com/en/images/brexit-a-british-drama/, 01/15/2019; last accessed 30.4.2022

total 60 VP

Beispiellösung

Teil I: Listening Comprehension

Task 1: Film Reviews

1 C 4 D
2 G 5 B
3 A 6 E
zu F gibt es keine Lösung

Task 2: The History of Jim Crow and Blackface

1	[hate] (legal racial) segregation / (symbol of) racial inequality	1 BE
2	two high-ranking politicians admitted to wearing blackface in the past / scandal in Virginia about white politicians having worn blackface	1 BE
3	to ridicule/to denigrate blacks for entertainment / to entertain the audience	1 BE
4	danced like a buffoon / spoke with an exaggerated black accent / wore tattered clothes / whites used black shoe polish to appear black (two of these)	2 BE
5	from his observations of blacks (in the South)	1 BE
6	popularized the Jim Crow character / made Jim Crow a common stage persona	1 BE
7	on the context / on the time / on the person's intention for wearing blackface	1 BE
8	(white artists tried) to advocate black musicians and their music	1 BE
9	she defended the use of blackface	1 BE

Task 3: The Mindful Chef

1 c 5 d
2 c 6 a
3 d 7 b
4 c 8 d

Teil II: Reading Comprehension

1 Whether people feel uneasy about social changes depends on their cultural preconceptions.
false (lines 13–15): *It's a natural human reaction (... anxiety is social.)*

2 Common reactions to a transformation within society are to
exclude certain people.
accept the benefit of such a development.
Quotation for 1st correct statement:
lines 17–18: *to narrowly define ... member of society.*
Quotation for 2nd correct statement:
lines 20–23: (*seeing the change ...) regarding the apparent ... who we are.*

3 Othering takes place when people
think they might lose their privileged position.
lines 25–28: *It is based ... the favoured group.*

4 Categorizations are the reason why discrimination takes place.
false (lines 39–41/42): *It is not ... are made salient (... they are manipulated.)*

5 Othering is a strategy for decision-makers to
exert their influence on the public.
lines 44–45: *how it is ... and dehumanise groups*
OR
lines 47–49/50: *For society's leaders ... sense of change (... responses to anxiety.)*

6 In the past, politicians were less
openly abusive towards minorities.
lines 53–54/56: *they could make ... a coded way (... Muslims", for example.)*

7 President Nixon's initial course of action was to
address white anxiety concerning the makeup of society.
lines (82-) 85–88: *(When Nixon began ...) because he was ... changing social order.*

8 The recent public use of language has led to
animosity between ethnic minorities and the rest of society.
lines (99-) 102–104: *(The recent rhetoric ...) has created a ... anger in communities*

9 Reaching out to others leads to
individual and collective change.
lines 130–132 (-134): *we not only ... change in ourselves (... can all belong.)*

Teil III.1: Analysis

In den Lösungsvorschlägen für Teil 3 finden Sie Stichpunkte, die Sie in Ihrer Lösung berücksichtigen sollten.

Aufgabe 1a)

Explanation of the quote	– reaching out to people from different cultural and/or ethnic backgrounds, initiating contact with people of different cultural and ethnic origin – accepting/acknowledging those differences – believing in those differences as being something enriching, something positive – believing that we all have our “inherent, shared humanity” in common, meaning that we are one species, defined by the same needs (e. g. food, shelter, respect, social bonds, self-esteem) – “bridging” is the opposite of “breaking”, which establishes and strengthens Othering (Us vs Them)
What enables Sue to bridge	– Sue is the opposite of Walt (Hmong vs American, coloured vs white, female vs male, young vs old, believer vs atheist – Sue’s background: second generation immigrant who is intimate with American culture since she grew up with it in the public sphere, safe in her feeling of belonging because she grew up with Hmong culture at home, speaks both languages – her knowledge: knows Hmong practices as well as American culture – her character: she is confident and persistent, has a certain perceptiveness, a good sense of humour and charm, and great compassion and appreciation
How does Sue bridge	– due to her background: she instinctively knows what might be important to Walt as an American male and she speaks to him and is able to argue; she helps Walt and her own people by interpreting when Walt meets her older family members – due to her knowledge: is able to explain Hmong traditions to Walt in a way that he understands, when he is at her house – due to her character: in spite of Walt’s rudeness she continues to approach him respectfully and knows what Walt likes and needs (beer, food, company), she banters with Walt thus challenging his wit, she shields him from her grandmother’s insults but “bridges” between Walt and Thao, she shows compassion when she worries about his health (when he coughs up blood), she tells him that the neighbours think he is a hero

Aufgabe 1b)

Language Trump
- uses derogatory language and racial slurs

Intention Trump
- has a political agenda: wants to please his supporters and make it easier to legitimise deportation of Mexicans, strives to create/enhance/increase fear of those who are "othered"

Effect of rhetoric used, Trump
- set a new trend in politics and society; ostracism becomes socially acceptable and is tolerated or even welcomed, media feel encouraged to use the same language, deeply divides the country

Language Walt
- uses derogatory language and racial slurs

Intention Walt
- private motives: aim is to keep his neighbours off his property, to mark them as "others" and thus make them leave, to keep "others" in check, for example when he encounters the Hmong gang, wants to bond with his friend (the barber) and later on with Thao

Effect of rhetoric used, Walt
- enables him to hold his ground, used as means of bonding with barber friend (irony: barber also has immigrant background), Thao objects to being called "toad"

Teil III.2: Composition

Aufgabe a)

Silas's experience of loss of home and possessions
- home and possessions: childhood in Chicago (sense of belonging, all-black neighbourhood, decent school, reasonably well-off)
- mother separates from boyfriend, allows their belongings to be sold off, she and Silas leave
- their remaining possessions are stolen

Silas's experience of loss of dignity
- he realizes that his mother might have had to sell herself to get the driver to give them a lift

His reaction to above mentioned aspects
- possibly traumatised, definitely uprooted, he tries to run away, is driven by instinct rather than reason

Silas's experience of loss of a friend
- he loses Larry as a friend after Carl Ott makes them fight for the gun

His reaction to loss of a friend
- ignores Larry from then on without acknowledging that it was Carl who made them fight, being called an "n" triggered him and hurt deeply so he can hardly be blamed for his reaction
- feeling of shame at having punched Larry too, possibly runs away because of that

Silas's experience of loss of innocence
- conscious decision not to reveal having been with Cindy the night she disappears

His reaction to loss of innocence	– he leaves his home town as quickly as possible and perverts the course of justice since the murderer is never brought to trial; because of his decisions the lives of Larry and his family are destroyed; even after his return he ignores Larry and his phone calls (private and official level); he shows highly irresponsible behaviour, hints at childhood traumas never healed because he still behaves like a child; same patterns of being driven by instinct, of running away, of ignoring

Aufgabe b)

Explanation of statement
- "greatest" is used in the sense of most admirable, (morally) strongest, most powerful, most honourable and exemplary
- "nation" containing political leaders, government, society, economic leaders, media
- "weakest" used in social-economic as well as political and legal context, minorities, unemployed, uninsured
- "inhabitants" is used to address those living in that country (citizens as well as undocumented immigrants)
- stresses the need for solidarity with and support of those too weak to fight for themselves (part of society)

<u>Aspects of the United States of America being "a great nation":</u>

Pro:	– legal level	– affirmative action
	– economic level	– donations, scholarships, social security
	– political level	– minority movements (Black Lives Matter), acknowledging the wrongs of the past
	– social level	– volunteer work, free press addressing the plight of the weakest
Con:	– legal level	– racial profiling, police brutality, lack of legal support for minorities
	– economic level	– lack of sufficient safety net, unemployment benefits, treatment of war veterans, lack of sufficient health care for minorities, unequal access to college education
	– political level	– gap between understanding and action between major parties (separation of illegally immigrated families, attempt to reverse Dream Act, etc.)
	– social level	– clearly racial, white supremacist movement and anti-democracy action (Capitol Hill) being tolerated and not generally condemned (Trump and his followers, his calls to action)

Aufgabe c)

A small, elderly man and a tall woman, dressed in Greek style (probably meant to represent the figure Europa) on either side of the Channel, each of them holding their flag: the man holding a British flag, the woman the EU flag

emotional:	– depicted as a dramatic and pathetic end of a relationship, with the man shouting and raging, throwing manifestly irrational accusations at a rather superior, slightly annoyed woman, whose stance suggests that of a mother or teacher with a naughty child throwing a tantrum
Great Britain vs Europe:	– uneven constellation, since the British man is much smaller and pathetic in comparison to the female figure of the EU, represented as a Greek goddess holding a much larger flag; indicates that Britain is smaller and less powerful than Europe, the goddess
Tradition	– the man's partly traditional attire (black suit but with ridiculous short trousers, bowler hat, holding Union Jack) seems to indicate Britain's traditional pride as a country, but at the same time makes both the figure and country look childish and absurd, as do the speech bubbles
The two views	– man voices his opinion in speech bubbles: ambiguous attitude and irony since "I'm quitting" stands for Britain wanting to leave EU but suffering at the same time "... and it hurts!", targeting tariffs, Northern Ireland, brain drain, etc. and blaming the EU for their leaving "... and it's your fault!" Referring to too much interference in national sovereignty on part of the EU, such as immigration policy, overregulation e.g. fishing rights, etc. – The woman representing Europe is listening, seems to have a slightly condescending attitude, and does not respond which hints at the breakdown of communication between the two sides
Personal point of view	– individuelle, schlüssig argumentierte Positionierung, z. B. – the cartoon is in its own way as emotional as the little man on his island, showing imperturbable power in the face of irrational sentiments

Quellenverzeichnis

Textquellen:

- Biden, Joseph: Inaugural Address: https://www.whitehouse.gov/briefing-room/speeches-remarks/2021/01/20/inaugural-address-by-president-joseph-r-biden-jr/(S. 163)
- Buttler, Martina: "US-Waffendebatte: Was hat sich seit Parkland getan?", Twin Cities Enterprise, https://www.tagesschau.de/ausland/waffenrecht-usa-parkland-101.html (30.04.2022) (S. 173)
- "Climate Change": https://www.npr.org/2022/02/28/1083580995/some-effects-of-climate-change-are-irreversible-but-theres-still-hope (accessed 30.04.2022) (S. 151)
- DeGrazia, Emilio: "Our American Nightmare: Detroit", in: *Twin cities: Daily Planet,* 11. April 2013; https://www.tcdailyplanet.net/our-american-nightmare-detroit/ (Zugriff: 30.04.2022) (S. 157)
- Guerrero, Jean: "I used to be confused by my mixed identity. But mixedness will heal America": *The Guardian,* 28.10.2020; https://www.theguardian.com/commentisfree/2020/oct/28/i-used-to-be-confused-by-my-mixed-identity-but-mixedness-will-heal-america (last accessed: 22 April 2022) (S. 160)
- Harris, Kamala: "Remarks by Vice President Kamala Harris As Delivered to the Commission on the Status of Women", March 16, 202, https://www.whitehouse.gov/briefing-room/speeches-remarks/2021/03/16/pre-taped-remarks-by-vice-president-kamala-harris-as-delivered-to-the-commission-on-the-status-of-women/ (accessed 18.03.2022) (S. 153)
- "Mum's cooking makes jobs", https://www.bbc.co.uk/sounds/play/p018zgpl (S. 149)
- Powell, John A.: "Us vs them: the sinister techniques of 'Othering' – and how to avoid them": | john a powell | *The Guardian.* November 8, 2017, slightly adapted; Copyright Guardian News & Media Ltd. 2021 (last accessed 30.4.2022) (S. 177)
- Smith, Zadie: *White Teeth,* London, 2000, p. 326–327 (S. 167)
- "The History of Jim Crow and Blackface": https://www.washingtonpost.com/podcasts/retropod/jim-crow-and-the-rise-of-blackface-1; *The Washington Post,* 12.11.2019 (last accessed 30.04.2022) (S. 174)
- "The Mindful Chef": BBC Radio, 05.11.2019, https://www.bbc.co.uk/sounds/play/p07v2cl0; (Ausschnitte: 00:36 – 02:07, 02:30 – 03:17, 06:10 – 07:18; last accessed 30.04.2022) (S. 175)
- Trump, Donald: "Inaugural Address", https://trumpwhitehouse.archives.gov/briefings-statements/the-inaugural-address/ (accessed 30.04.2022) (S. 163)

Bildquellen:

- Bramhall, Bill: Cartoon "Gun Control", Bill Bramhall/Getty Images (S. 174)
- Globe Cartoon/© Chappatte in Der Spiegel www.chappatte.com (S. 177)

Stichwortverzeichnis